图书馆精选文丛

唐诗杂论 诗与批评

闻一多 著

Copyright © 2021 by SDX Joint Publishing Company.
All Rights Reserved.
本作品版权由生活·读书·新知三联书店所有。
未经许可，不得翻印。

图书在版编目（CIP）数据

唐诗杂论；诗与批评/闻一多著.—北京：生活·读书·新知三联书店，2021.1
(图书馆精选文丛)
ISBN 978-7-108-06997-9

Ⅰ.①唐… Ⅱ.①闻… Ⅲ.①唐诗－诗歌评论②诗歌评论－中国－现代 Ⅳ.① I207.22

中国版本图书馆 CIP 数据核字（2020）第 219545 号

责任编辑	郑　勇　唐明星
装帧设计	刘　洋
责任印制	肖洁茹

出版发行　生活·讀書·新知 三联书店
　　　　　（北京市东城区美术馆东街 22 号 100010）
网　　址　www.sdxjpc.com
经　　销　新华书店
印　　刷　北京市松源印刷有限公司
版　　次　2021 年 1 月北京第 1 版
　　　　　2021 年 1 月北京第 1 次印刷
开　　本　880 毫米 × 1230 毫米　1/32　印张 9
字　　数　146 千字
印　　数　0,001－6,000 册
定　　价　39.00 元

（印装查询：01064002715；邮购查询：01084010542）

写在前面

闻一多（1899—1946），原名闻家骅，字友三、友山，1899年生于湖北蕲水县。1912年考入北京清华学校，喜欢读中国古代诗集、诗话、史书、笔记等。1921年11月与梁实秋等人发起成立清华文学社，次年3月，写成《律诗底研究》，开始系统地研究新诗格律化理论。1922年赴美留学。1923年出版第一部诗集《红烛》，是爱国主题与唯美主义形式相结合的典范。1925年5月回国，先后在武汉大学、清华大学、西南联大等校任教。1928年出版第二部诗集《死水》，在颓废中表现出深沉的爱国主义激情。此后致力于古典文学研究，对《周易》、《诗经》、《庄子》、《楚辞》等古籍进行整理研究，后汇集成《古典新义》，被郭沫若称为"前无古人，后无来者"。1944年，加入中国民主同盟。1946

年 7 月 15 日参加悼念李公朴先生大会，发表了著名的《最后一次的演讲》，当天下午即被国民党特务杀害。

人们提起闻一多先生，首先会想到他是诗人和斗士，其次才会想到他是一位学者。对此，朱自清说得最为中肯："他是一个斗士，但是他又是一个诗人和学者。这三重人格集合在他身上，因时期的不同而或隐或现……学者的时期最长，斗士的时期最短，然而他始终不失为一个诗人。"

从学者的身份来看，唐诗一直是闻一多教学和研究的重点，持续的时间最长。因为在他看来，"唐诗是中国诗的高峰，也是世界诗的高峰；反过来说，一个民族如果文化被淘汰，这个民族就灭亡了。"

《唐诗杂论》是作者生前拟订的关于唐诗研究的写作计划，由于突然离世，致使最终未能完成（今藏于国家图书馆的闻一多遗稿中，有《唐诗要略》、《陈子昂》等多篇提纲性质的研究文字）。后来汇编成册的《唐诗杂论》中的文章大都发表在上世纪二十至三十年代的报章杂志上，其内容涉及宫体诗、初唐四杰、孟浩然、贾岛、杜甫、太白诗英译等多个方面。书中的许多观点具有"立一篇之警策"的功效。如：开篇即提出唐代开国五十年"说是唐的头，倒不如说是六朝的尾"的论断,指出初唐诗与六朝诗风紧相关联;指出宫体诗的"自赎"是一种蜕化,是从朽陈的母体中蜕出的新生命,《春江花月夜》则是"诗中的诗,顶峰上的顶峰";由质疑"为什么几乎每个朝代末叶都有回向贾岛的趋势?"指出贾岛对后世诗人的影响是惰性的中国社会映照……这些独特的视角和研究方法,不仅当时极具开创意义,对今天的学术研究依然富有启迪。或许这也是此书不断翻印、长销不衰的原因之一吧。

作为一名诗人,"闻一多对于诗的贡献真是太多了!"闻一多是新月派的代表诗人,他不但创作新诗,还研究和评论新诗。《诗与批评》就是一部评论现代诗人、诗作的作品,内容包括:评介郭沫若、田间、臧克家等新诗人,以及对诗的格律、商籁体、国外的诗歌批评等。现代诗人诗作如何评介,在当时是颇有争议的事,但闻一多先生以"冷静的头脑"和"不对某种诗有所偏爱或偏恶"的态度出发,作出了确切而公道的批评之语,如:《女神》为"时代的肖子","不独形式十分欧化,而且精神也十分欧化";田间的诗为"时代的鼓手",等等。这些中肯之语使他成为新诗选"颇合乎选家资格"的上佳人选。可惜这些都成了未完的篇章。

闻一多先生遭枪击身亡后，梅贻琦校长决定成立"整理闻一多先生遗著委员会"，学校聘请了朱自清、雷海宗、潘光旦、吴晗、浦江清、许维遹、余冠英七位教授为委员，朱自清为召集人。1948年8月底，《闻一多全集》由上海开明书店出版。全集分为八个部分：甲集"神话与诗"；乙集"古典新义"；丙集"唐诗杂论"；丁集"诗与批评"；戊集"杂文"；己集"演讲录"；庚集"书信"；辛集"诗选与校笺"。之后，北京古籍出版社、三联书店、上海书店都曾据此版影印出版该全集。1999年，我店请陈平原、夏晓虹教授对丙集"唐诗杂论"、丁集"诗与批评"加以遴选校订，将其合为一本收入"三联精选"。本次出版即据之为底本编辑付印。

生活·读书·新知三联书店编辑部
2012年3月

目录

唐诗杂论

类书与诗 …………………………………… 3
宫体诗的自赎 ……………………………… 15
四杰 ………………………………………… 32
孟浩然 ……………………………………… 43
贾岛 ………………………………………… 51
杜甫 ………………………………………… 60
英译李太白诗 ……………………………… 80

诗与批评

白朗宁夫人的情诗 ………………………… 95
《冬夜》评论 ……………………………… 104
《女神》之时代精神 ……………………… 153
《女神》之地方色彩 ……………………… 165
《烙印》序 ………………………………… 175

《西南采风录》序 …………………… 180
《三盘鼓》序 ………………………… 184
时代的鼓手 …………………………… 187
　　——读田间的诗
文艺与爱国 …………………………… 193
　　——纪念三月十八
邓以蛰《诗与历史》题记 …………… 196
诗人的横蛮 …………………………… 199
诗的格律 ……………………………… 201
先拉飞主义 …………………………… 213
戏剧的歧途 …………………………… 233
泰果尔批评 …………………………… 239
谈商籁体 ……………………………… 247
论《悔与回》 ………………………… 250

附　录

从宗教论中西风格 …………………… 255
五四运动的历史法则 ………………… 264
新文艺和文学遗产 …………………… 267
诗与批评 ……………………………… 270
艾青和田间 …………………………… 279

唐诗杂论

类书与诗

检讨的范围是唐代开国后约略五十年,从高祖受禅(六一八)起,到高宗武后交割政权(六六〇)止。靠近那五十年的尾上,上官仪伏诛,算是强制地把"江左余风"收束了,同时新时代的先驱,四杰及杜审言,刚刚走进创作的年华,沈、宋与陈子昂也先后诞生了,唐代文学这才扯开六朝的罩纱,露出自家的面目。所以我们要谈的这五十年,说是唐的头,倒不如说是六朝的尾。

寻常我们提起六朝,只记得它的文学,不知道那时期对于学术的兴趣更加浓厚。唐初五十年所以像六朝,也正在这一点。这时期如果在文学史上占有任何位置,不是因为它在文学本身上有多少价值,而是因为它对于文学的研究特别热心,一方面把文学当作学术来研究,同时又用一种偏向于文学的观点来研究其余的学术。给前一方面举个例，便是曹宪、李善等的"选学"（这回文学的研究真是在学术中正式地分占了一席）。后一方面的例，最好举史学。许是因为他们有种特殊的文学观念（即《文选》所代表文学观念），唐初的人们对于《汉书》的爱好，远在爱好《史记》之上，在研究《汉书》时，他们的对象不仅是历史，而且是记载历史的文字。便拿李善来讲，他是注过《文选》的，也撰过一部《汉书辨惑》，《文选》与《汉书》在李善眼里，恐怕真是同样性质，具有同样功用的物件，都是给文学家供驱使的材料。他这态度可以代表那整个时代。这种现象在修史上也不是例外。只把姚思廉除开，当时修史的人们谁不是借作史书的机会来叫卖他们的文藻——尤其是《晋书》的著者！至于音韵学与文学的姻缘，更是显著，不用多讲了。

当时的著述物中，还有一个可以称为第三种性质的东西，那便是类书，它既不全是文学，又不全是学术，而是介乎二者之间的一种东西，或是说兼有二者的混合体。这种畸形的产物，最足以代表唐初的那种太像文学的学术，和太像学术的文学了。所以我们若要明白唐初五十年的文学，最好的方法也是拿文学和类书排在一起打量。

现存的类书,如《北堂书钞》和《艺文类聚》,在当时所制造的这类出品中,只占极小部分。此外,太宗时编的,还有一千卷的《文思博要》。后来从龙朔到开元,中间又有官修的《累璧》六百三十卷,《瑶山玉彩》五百卷,《三教珠英》一千三百卷(《增广皇览》及《文思博要》),《芳树要览》三百卷,《事类》一百三十卷,《初学记》三十卷,《文府》二十卷,私撰的《碧玉芳林》四百五十卷,《玉藻琼林》一百卷,《笔海》十卷。这里除《初学记》之外,如今都不存在。内中是否有分类的总集,像《文馆词林》似的,我们不知道。但是《文馆词林》的性质,离《北堂书钞》虽较远,离《艺文类聚》却接近些了。欧阳询在《艺文类聚·序》里说是嫌"流别《文选》,专取其文,《皇览》遍略,直书其事"的办法不妥,他们(《艺文类聚》的编者不只他一人)才采取了"事居其前,文列于后"的体例。这可见《艺文类聚》是兼有总集(流别《文选》)与类书(《皇览》遍略)的性质,也可见他们看待总集与看待类书的态度差不多。《文馆词林》是和流别《文选》一类的书,在他们眼里,当然也和《皇览》遍略差不多了。再退一步讲，《文馆词林》的性质与《艺文类聚》一半相同，后者既是类书，前者起码也有一半类书的资格。

上面所举的书名，不过是就新旧《唐书》和《唐会要》等书中随便摘下来的，也许还有遗漏。但只看这里所列的，已足令人惊诧了。特别是官修的占大多数，真令人不解。如果它们是《通典》一类的，或《大英百科全书》一类的性质，也许我们还会嫌它们的数量太小。但它们不过是"兔园册子"的后身，充其量也不过是规模较大品质较高的"兔园册子"。一个国家的政府从百忙中抽调出许多第一流人才来编了那许多的"兔园册子"（太宗时，房玄龄、魏徵、岑文本、许敬宗等都参与过这种工作）。这用现代人的眼光看来，岂不滑稽？不，这正是唐太宗提倡文学的方法，而他所谓的文学，用这样的方法提创，也是很对的。沉思翰藻谓之文的主张，由来已久，加之六朝以来有文学嗜好的帝王特别多，文学要求其与帝王们的身份相称，自然觉得沉思翰藻的主义最适合他们的条件了。文学由太宗来提倡，更不能不出于这一途。本来这种专在词藻的量上逞能的作风，需用学力比需用性灵的机会多，这实在已经是文学的实际化了。南朝的文学既已经在实际化的过程中，隋统一后，又和北方的极端实际的学术正面接触了，于是依照"水流湿，火就燥"的物理原则，已经实际化了的文学便不能不愈加实际化，以致到了唐初，再经太宗的怂恿，便终于被学术同化了。

文学被学术同化的结果，可分三方面来说。一方面是章句的研究，可以李善为代表；另一方面是类书的编纂，可以号称博学的《兔园册子》与《北堂书钞》的编者虞世南为代表；第三方面便是文学本身的堆砌性，这方面很难推出一个代表来，因为当时一般文学者的体干似乎是一样高矮，挑不出一个特别魁梧的例子来。没有办法，我们只好举唐太宗。并不是说太宗堆砌的成绩比别人精，或是他堆砌得比别人更甚，不过以一个帝王的地位，他的影响定不是一般人所能比的，而且他也曾经很明白地为这种文体张目过（这证据我们不久就要提出）。我们现在且把章句的研究，类书的纂辑，与夫文学本身的堆砌性三方面的关系谈一谈。

李善绰号"书簏"，因为，据史书说，他是一个"淹贯古今，不能属辞"的人。史书又说他始初注《文选》，"释事而忘意"，经他儿子李邕补益一次，才做到"附事以见义"的地步。李善这种只顾"事",不顾"意"的态度,其实是与类书家一样的。章句家是书簏,类书家也是书簏。章句家是"释事而忘意",类书家便是"采事而忘意"了。我这种说法并不苛刻。只消举出《群书治要》来和《北堂书钞》或《艺文类聚》比一比,你便明白。同是钞书,同是一个时代的产物,但拿来和《治要》的"主意"的质素一比,《书钞类聚》"主事"的质素便显着格外分明了。章句家与类书家的态度,根本相同,创作家又何尝两样?假如选出五种书,把它们排成下面这样的次第:

《文选注》,《北堂书钞》,《艺文类聚》,《初学记》,初唐某家的诗集。

我们便看出一首初唐诗在构成程序中的几个阶段。劈头是"书簏",收尾是一首唐初五十年间的诗,中间是从较散漫,较零星的"事",逐渐地整齐化与分化。五种书同是"事"(文家称为词藻)的征集与排比,同是一种机械的工作,其间只有工作精粗的程度差别,没有性质的悬殊。这里《初学记》虽是开元间的产物，但实足以代表较早的一个时期的态度。在我们讨论的范围内，这部书的体裁，看来最有趣。每一项题目下，最初是"叙事"，其次"事对"，最后便是成篇的诗赋或文。其实这三项中减去"事对"，就等于《艺文类聚》；再减去诗赋文，便等于《北堂书钞》。所以我们由《书钞》看到《初学记》，便看出了一部类书的进化史，而在这类书的进化中，一首初唐诗的构成程序也就完全暴露出来了。你想，一首诗做到有了"事对"的程度，岂不是已经成功了一半吗？余剩的工作，无非是将"事对"装潢成五个字一副的更完整的对联，拼上韵脚，再安上一头一尾罢了。（五言律是当时最风行的体裁，但这里，我没有把调平仄算进去，因为当时的诗，平仄多半是不调的。）这样看来，若说唐初五十年间的类书是较粗糙的诗，他们的诗是较精密的类书，许不算强词夺理吧？

《旧唐书·文苑传》里所收的作家，虽有着不少的诗人，但除了崔信明的一句"枫落吴江冷"是类书的范围所容纳不下的，其余作家的产品不干脆就是变相的类书吗？唐太宗之不如隋炀帝，不仅在没有作过一篇《饮马长城窟行》而已，便拿那"南化"了的

隋炀帝,和"南化"了的唐太宗打比,像前者的:

> 暮江平不动,春花满正开;流波将月去,潮水带星来。

甚至:

> 鸟击初移树,鱼寒不隐苔。①

又何尝是后者有过的?不但如此,据说炀帝为妒嫉"空梁落燕泥"和"庭草无人随意绿"两句诗,曾经谋害过两条性命。"枫落吴江冷"比起前面那两个名句如何?不知道崔信明之所以能保天年,是因为太宗的度量比炀帝大呢,还是他的眼力比炀帝低。这不是说笑话。假如我们能回答这问题,那么太宗统治下的诗作的品质之高低,便可以判定了。归真地讲,崔信明这人,恐怕太宗根本就不知道,所以他并没有留给我们那样测验他的度量或眼力的机会。但这更足以证明太宗对于好诗的认识力很差。假如他是有眼力的

---

① 《隋遗录》所载炀帝诸诗皆明秀可诵,然系唐人伪托。《铁围山丛话》引佚句"寒鸦飞数点,流水绕孤村",亦伪。

话，恐怕当日撑持诗坛的台面的，是崔信明、王绩，甚至王梵志，而不是虞世南、李百药一流人了。

讲到这里，我们或许要想到前面所引时人批评李善"释事而忘意"，和我批评类书家"采事而忘意"两句话。现在我若给那些作家也加上一句"用事而忘意"的案语，我想读者们必不以为过分。拿虞世南、李百药来和崔信明、王绩、王梵志比，不简直是"事"与"意"的比照吗？我们因此想到魏徵的《述怀》，颇被人认作这时期中的一首了不得的诗，《述怀》在唐代开国时的诗中所占的地位，据说有如魏徵本人在那时期政治上的地位一般的优越。这意见未免有点可笑，而替唐诗设想，居然留下生这意见的余地，也就太可怜了。平心说，《述怀》是一首平庸的诗，只因这作者不像一般的作者，他还不曾忘记那"诗言志"的古训，所以结果虽平庸而仍不失为"诗"。选家们搜出魏徵来代表初唐诗，足见那一个时代的贫乏。太宗和虞世南、李百药，以及当时成群的词臣，做了几十年的诗，到头还要靠这诗坛的局外人魏徵，来维持一点较清醒的诗的意识，这简直是他们的耻辱！

不怕太宗和他率领下的人们为诗干得多热闹。究竟他们所热闹的，与其说是诗，毋宁说是学术。关于"修辞立诚"四个字，即算他们做到了修辞（但这仍然是疑问），那立诚的观念，在他们的诗里可说整个不存在。唐初人的诗，离诗的真谛是这样远，所以，我要说，唐初是个大规模征集词藻的时期。我所谓征集词藻者，实在不但指类书的纂辑，连诗的制造也是应属于那个范围里的。

上述的情形，太宗当然要负大部分的责任。我们曾经说到太宗为堆砌式的文体张目过，不错，看他亲撰的《晋书·陆机传论》便知道：

> 观夫陆机、陆云，实荆衡之杞梓，挺圭璋于秀实，驰英华于早年。风鉴澄爽，神情俊迈。文藻宏丽，独步当时，言论慷慨，冠乎终古。高词迥映，如朗月之悬光；叠意回舒，若重岩之积秀。千条析理，则电拆霜开，一绪连文，则珠流璧合。其词则深而雅，其义则博而显。故足远超枚、马，高蹑王、刘，百代文宗，一人而已。

因为他崇拜的陆机，是"文藻宏丽"，与夫"叠意回舒，若重岩之积秀"，"一绪连文，则珠流璧合"的陆

机,所以太宗于他的群臣中就最钦佩虞世南。褚亮在《十八学士赞》中,是这样赞虞世南的:

> 笃行扬声,雕文绝世,网罗百家,并包六艺。

两《唐书·虞世南传》都说,他与兄世基同入长安,时人比作晋之二陆,新传又品评这两弟兄说:

> 世基辞章清劲过世南,而赡博不及也。

这样的虞世南,难怪太宗要认为是"与我犹一体",并且在世南死后,还有"钟子期死,伯牙不复鼓琴"之叹。这虞世南,我们要记住,便是《兔园册子》和《北堂书钞》的著者。这一点极其重要。这不啻明白地告诉我们,太宗所鼓励的诗,是"类书家"的诗,也便是"类书式"的诗。总之,太宗毕竟是一个重实际的事业中人;诗的真谛,他并没有,恐怕也不能参透。他对于诗的了解,毕竟是个实际的人的了解。他所追求的只是文藻,是浮华,不,是一种文辞上的浮肿,也就是文学的一种皮肤病。这种病症,到了上官仪的"六对"、"八对",便严重到极点,几乎有危害到诗的生命的可能,于是因察觉了险象而愤激的少年"四杰",便不得不大声疾呼,抢上来施以针砭了。

原载《大公报·文艺副刊》,第五十二期

宫体诗的自赎

宫体诗就是宫廷的,或以宫廷为中心的艳情诗,它是个有历史性的名词,所以严格地讲,宫体诗又当指以梁简文帝为太子时的东宫,及陈后主、隋炀帝、唐太宗等几个以宫廷为中心的艳情诗。我们该记得从梁简文帝当太子到唐太宗宴驾中间一段时期,正是谢朓已死,陈子昂未生之间一段时期。这其间没有出过一个第一流的诗人。那是一个以声律的发明与批评的勃兴为人所推重,但论到诗的本身,则为人所诟病的时期。没有第一流诗人,甚至没有任何诗人,不是一桩罪过。那只是一个消极的缺憾。但这时期却犯了一桩积极的罪。它不是一个空白,而是一个污点,就因为他们制造了些有如下面这样的宫体诗:

长筵广未同,上客娇难逼。还杯了不顾,回

身正颜色。(高爽《咏酌酒人》)

众中俱不笑,座上莫相撩。(邓鉴《奉和夜听妓声》)。

这里所反映的上客们的态度,便代表他们那整个宫廷内外的气氛。人人眼角里是淫荡:

上客徒留目,不见正横陈。(鲍泉《敬酬刘长史咏名士悦倾城》)

人人心中怀着鬼胎:

春风别有意,密处也寻香。(李义府《堂词》)

对姬妾娼妓如此,对自己的结发妻亦然(刘孝威《都县寓见人织率尔赠妇》便是一例)。于是发妻也就成了倡家。徐悱写得出《对房前桃树咏佳期赠内》那样一首诗,他的夫人刘令娴为什么不可以写一首《光宅寺》来赛过他?索性大家都揭开了:

知君亦荡子,贱妾自倡家。(吴均《鼓瑟曲有所思》)

因为也许她明白她自己的秘诀是什么。

> 自知心所爱，出入仕秦宫。谁言连屈尹，更是莫遨通？（简文帝《艳歌篇》十八韵）

简文帝对此并不诧异，说不定这对他，正是件称心的消息。堕落是没有止境的。从一种变态到另一种变态往往是个极短的距离，所以现在像简文帝《娈童》，吴均《咏少年》，刘孝绰《咏小儿采莲》，刘遵《繁华应令》，以及陆厥《中山王孺子妾歌》一类作品，也不足令人惊奇了。变态的又一型类是以物代人为求满足的对象。于是绣领，袙腹，履，枕，席，卧具……全有了生命，而成为被玷污者。推而广之，以至灯烛，玉阶，梁尘，也莫不踊跃地助他们集中意念到那个荒唐的焦点，不用说，有机生物如花草莺蝶等更都是可人的同情者。

> 罗荐已擘鸳鸯被，绮衣复有葡萄带。残红艳粉映帘中，戏蝶流莺聚窗外。（上官仪《八咏应制》）

看看以上的情形，我们真要疑心，那是作诗，还是在一种伪装下的无耻中求满足。在那种情形之下,你怎能希望有好诗!所以常常是那套褪色的陈词滥调,诗的本身并不能比题目给人以更深的印象。实在有时他们真不像是在作诗,而只是制题。这都是惨淡经营的结果:《咏人聘妾仍逐琴心》(伏知道),《为寒床妇赠夫》(王胄),特别是后一例,尽有"闺情","秋思","寄远"一类的题面可用,然而作者偏要标出这样五个字来,不知是何居心。如果初期作者常用的"古意"、"拟古"一类暧昧的题面,是一种遮羞的手法,那么现在这些人是根本没有羞耻了!这由意识到文辞,由文辞到标题,逐步的鲜明化,是否可算作一种文字的裸裎狂,我不知道。反正赞叹事实的"诗"变成了标明事类的"题"之附庸,这趋势去《游仙窟》一流作品,以记事文为主,以诗副之的形式,已很近了。形式很近,内容又何尝远?《游仙窟》正是宫体诗必然的下场。

我还得补充一下宫体诗在它那中途丢掉的一个自新的机会。这专以在昏淫的沉迷中作践文字为务的宫体诗,本是衰老的,贫血的南朝宫廷生活的产物,只有北方那些新兴民族的热与力才能拯救它。因此我们不能不庆幸庾信等之入周与被留,因为只有这样,宫体诗才能更稳固地移植在北方，而得到它所需要的营养。果然被留后的庾信的《乌夜啼》，《春别诗》等篇，比从前在老家作的同类作品，气色强多了。移植后的第二三代本应不成问题。谁知那些北人骨子里和南人一样，也是脆弱的，禁不起南方那美丽的毒素的引诱，他们马上又屈服了。除薛道衡《昔昔盐》，《人日思归》，隋炀帝《春江花月夜》三两首诗外，他们没有表现过一点抵抗力。炀帝晚年可算热忱地效忠于南方文化了，文艺的唐太宗，出人意料之外，比炀帝还要热忱。于是庾信的北渡完全白费了。宫体诗在唐初，依然是简文帝时那没筋骨、没心肝的宫体诗。不同的只是现在词藻来得更细致，声调更流利，整个的外表显得更乖巧，更酥软罢了。说唐初宫体诗的内容和简文帝时完全一样，也不对。因为除了搬出那僵尸"横陈"二字外，他们在诗里也并没有讲出什么。这又教人疑心这辈子人已失去了积极犯罪的心情。恐怕只是词藻和声调的试验给他们羁系着一点作这种诗的兴趣（词藻声调与宫体有着先天与历史的联系）。宫体诗在当时可说是一种不自主的、虚伪的存在。原来从虞世南到上官仪是连堕落的诚意都没有了。此真所谓"萎靡不振"!

但是堕落毕竟到了尽头,转机也来了。

在窒息的阴霾中,四面是细弱的虫吟,虚空而疲倦,忽然一声霹雳,接着的是狂风暴雨!虫吟听不见了,这样便是卢照邻《长安古意》的出现。这首诗在当时的成功不是偶然的。放开了粗豪而圆润的嗓子,他这样开始:

> 长安大道连狭斜,青牛白马七香车。玉辇纵横过主第,金鞭络绎向侯家!龙衔宝盖承朝日,凤吐流苏带晚霞。百丈游丝争绕树,一群娇鸟共啼花。……

这生龙活虎般腾踔的节奏,首先已够教人们如大梦初醒而心花怒放了。然后如云的车骑,载着长安中各色人物 panorama 式的一幕幕出现,通过"五剧三条"的"弱柳青槐"来"共宿娼家桃李蹊"。诚然这不是一场美丽的热闹。但这癫狂中有战栗,堕落中有灵性:

> 得成比目何辞死,愿作鸳鸯不羡仙。

比起以前那光是病态的无耻：

> 相看气息望君怜，谁能含羞不肯前！（简文帝《乌楼曲》）

如今这是什么气魄！对于时人那虚弱的感情，这真有起死回生的力量。最后：

> 节物风光不相待，桑田碧海须臾改。昔时金阶白玉堂，即今惟见青松在！

似有"劝百讽一"之嫌。对了，讽刺，宫体诗中讲讽刺，多么生疏的一个消息！我几乎要问《长安古意》究竟能否算宫体诗？从前我们所知道的宫体诗，自萧氏君臣以下都是作者自身下流意识的口供，那些作者只在诗里，这回卢照邻却是在诗里，又在诗外，因此他能让人人以一个清醒的旁观的自我，来给另一自我一声警告。这两种态度相差多远！

> 寂寂寥寥杨子居，年年岁岁一床书。独有南山桂花发，飞来飞去袭人裾。

这篇末四句有点突兀，在诗的结构上既嫌蛇足，而且这样说话，也不免暴露了自己态度的褊狭，因而在本篇里似乎有些反作用之嫌。可是对于人性的清醒方面，这四句究不失为一个保障与安慰。一点点艺术的失败，并不妨碍《长安古意》在思想上的成功。他是宫体诗中一个破天荒的大转变。一手挽住衰老了的颓废，教给他如何回到健全的欲望；一手又指给他欲望的幻灭。这诗中善与恶都是积极的，所以二者似相反而相成。我敢说《长安古意》的恶的方面比善的方面还有用。不要问卢照邻如何成功，只看庾信是如何失败的。欲望本身不是什么坏东西。如果它走入了歧途，只有疏导一法可以挽救，壅塞是无效的。庾信对于宫体诗的态度，是一味地矫正，他仿佛是要以非宫体代宫体。反之，卢照邻只要以更有力的宫体诗救宫体诗，他所争的是有力没有力，不是宫体不宫体。甚至你说他的方法是以毒攻毒也行，反正他是胜利了。有效的方法不就是对的方法吗？

矛盾就是人性，诗人作诗本不必对自己的行为负责。原来《长安古意》的"年年岁岁一床书"，只是一句诗而已，即令作诗时事实如此，大概不久以后，情形就完全变了，骆宾王的《艳情代郭氏答卢照邻》

便是铁证。故事是这样的：照邻在蜀中有一个情妇郭氏，正当她有孕时，照邻因事要回洛阳去，临行相约不久回来正式成婚。谁知他一去两年不返，而且在三川有了新人。这时她望他的音信既望不到，孩子也丢了。"悲鸣五里无人问，肠断三声谁为续"！除了骆宾王给寄首诗去替她申一回冤，这悲剧又能有什么更适合的收场呢？一个生成哀艳的传奇故事，可惜骆宾王没赶上蒋防、李公佐的时代。我的意思是：故事最适宜于小说，而作者手头却只有一个诗的形式可供采用。这试验也未尝不可作，然而他偏偏又忘记了《孔雀东南飞》的典型。凭一支作判词的笔锋（这是他的当行），他只草就了一封韵语的书札而已。然而是试验，就值得钦佩。骆宾王的失败，不比李百药的成功有价值吗？他至少也替《秦妇吟》垫过路。

这以"一抔之土未干，六尺之孤何托"，教历史上第一位英威的女性破胆的文士，天生一副侠骨，专喜欢管闲事，打抱不平，杀人报仇，革命，帮痴心女子打负心汉，都是他干的。《代女道士王灵妃赠道士李荣》里没讲出具体的故事来，但我们猜得到一半，还不是卢、郭公案那一类的纠葛？李荣是个有才名道士。（见《旧唐书·儒学罗道琮传》，卢照邻也有过诗给他。）故事还是发生在蜀中，李荣往长安去了，也是许久不回来，王灵妃急了，又该骆宾王给去信促驾了。不过这回的信却写得比较像首诗。其所以然，倒不在——

　　梅花如雪柳如丝，年去年来不自持。初言别在寒偏在，何悟春来春更思。

一类响亮句子，而是那一气到底而又缠绵往复的旋律之中，有着欣欣向荣的情绪。《代女道士王灵妃赠道士李荣》的成功，仅次于《长安古意》。

　　和卢照邻一样，骆宾王的成功，有不少成分是仗着他那篇幅的。上文所举过的二人的作品，都是宫体诗中的云冈造像，而宾王尤其好大成癖（这可以他那以赋为诗的《帝京篇》、《畴昔篇》为证）。从五言四句的《自君之出矣》，扩充到卢、骆二人洋洋洒洒的巨篇，这也是宫体诗的一个剧变。仅仅篇幅大，没有什么，要紧的是背面有厚积的力量撑持着。这力量，前人谓之"气势"，其实就是感情。有真实感情，所以卢、骆的来到，能使人们麻痹了百余年的心灵复活。有感情，所以卢、骆的作品，正如杜甫所预言的,"不废江河万古流"。

从来没有暴风雨能够持久的。果然持久了,我们也吃不消,所以我们要它适可而止。因为,它究竟只是一个手段,打破郁闷烦躁的手段;也只是一个过程,达到雨过天晴的过程。手段的作用是有时效的,过程的时间也不宜太长,所以在宫体诗的园地上,我们很侥幸地碰见了卢、骆,可也很愿意能早点离开他们,——为的是好和刘希夷会面。

> 古来容光人所羡,况复今日遥相见?愿作轻罗着细腰,愿为明镜分娇面。(《公子行》)

这不是什么十分华贵的修辞,在刘希夷也不算最高的造诣;但在宫体诗里,我们还没听见过这类的痴情话。我们也知道他的来源是《同声诗》和《闲情赋》。但我们要记得,这类越过齐梁,直向汉晋人借贷灵感,在将近百年以来的宫体诗里也很少人干过呢!

> 与君相向转相亲,与君双栖共一身。愿作贞松千岁古,谁论芳槿一朝新!百年同谢西山日,

千秋万古北邙尘。(《公子行》)

这连同它的前身——杨方《合欢诗》,也不过是常态的,健康的爱情中,极平凡、极自然的思念,谁知道在宫体诗中也成为了不得的稀世的珍宝。回返常态确乎是刘希夷的一个主要特质,孙翌编《正声集》时把刘希夷列在卷首,便已看出这一点来了。看他即便哀艳到如:

> 自怜妖艳姿,妆成独见时。愁心伴杨柳,春尽乱如丝。(《春女行》)
>
> 携笼长叹息,逶迤恋春色。看花若有情,倚树疑无力。薄暮思悠悠,使君南陌头。相逢不相识,归去梦青楼。(《采桑》)

也从没有不归于正的时候。感情返到正常状态是宫体诗的又一重大阶段。惟其如此,所以烦躁与紧张都消失了,只剩下一片晶莹的宁静。就在此刻,恋人才变成诗人,憬悟到万象的和谐,与那一水一石一草一木的神秘的不可抵抗的美,而不禁受创似的哀叫出来:

> 可怜杨柳伤心树！可怜桃李断肠花！（《公子行》）

但正当他们叫着"伤心树"、"断肠花"时，他已从美的暂促性中认识了那玄学家所谓的"永恒"——一个最缥缈，又最实在；令人惊喜，又令人震怖的存在。在它面前一切都变渺小了，一切都没有了。自然认识了那无上的智慧，就在那彻悟的一刹那间，恋人也就变成哲人了：

> 洛阳城东桃李花，飞来飞去落谁家？洛阳女儿好颜色，坐见落花长叹息：今年花落颜色改，明年花开复谁在！……古人无复洛城东，今人还对落花风。年年岁岁花相似，岁岁年年人不同。（《代白头翁》）

相传刘希夷吟到"今年花落……"二句时，吃一惊，吟到"年年岁岁……"二句，又吃一惊。后来诗被宋之问看到，硬要让给他，诗人不肯，就生生地被宋之问给用土囊压死了。于是诗谶就算验了。编故事的人的意思，自然是说，刘希夷泄露了天机，论理该遭天谴。这是中国式的文艺批评,隽永而正确,我们在千载之下,不能,也不必改动它半点。不过我们可以用现代语替它诠释一遍,所谓泄露天机者,便是悟到宇宙意识之谓。从蜣螂转丸式的宫体诗一跃而到庄严的宇宙意识,这可太远了,太惊人了!这时的刘希夷实已跨近了张若虚半步,而离绝顶不远了。

如果刘希夷是卢、骆的狂风暴雨后宁静爽朗的黄昏,张若虚便是风雨后更宁静更爽朗的月夜。《春江花月夜》本用不着介绍,但我们还是忍不住要谈谈。就宫体诗发展的观点看,这首诗尤有大谈的必要。

> 春江潮水连海平,海上明月共潮生。滟滟随波千万里,何处春江无月明!江流宛转绕芳甸,月照花林皆似霰,空里流霜不觉飞,汀上白沙看不见。

在这种诗面前,一切的赞叹是饶舌,几乎是亵渎。它超过了一切的宫体诗有多少路程的距离,读者们自己也知道。我认为用得着一点诠明的倒是下面这几句:

> ……江畔何人初见月?江月何年初照人?人

生代代无穷已,江月年年只相似。不知江月待何人,但见长江送流水!

更夐绝的宇宙意识!一个更深沉,更寥廓更宁静的境界!在神奇的永恒前面,作者只有错愕,没有憧憬,没有悲伤。从前卢照邻指点出"昔时金阶白玉堂,即今惟见青松在"时,或另一个初唐诗人——寒山子更尖酸地吟着"未必长如此,芙蓉不耐寒"时,那都是站在本体旁边凌视现实。那态度我以为太冷酷,太傲慢,或者如果你愿意,也可以带点狐假虎威的神气。在相反的方向,刘希夷又一味凝视着"以有涯随无涯"的徒劳,而徒劳地为它哀毁着,那又未免太萎靡,太怯懦了。只张若虚这态度不亢不卑,冲融和易才是最纯正的,"有限"与"无限","有情"与"无情"——诗人与"永恒"猝然相遇,一见如故,于是谈开了——"江畔何人初见月?江月何年初照人?……江月年年只相似,不知江月待何人?"对每一问题,他得到的仿佛是一个更神秘的更渊默的微笑,他更迷惘了,然而也满足了。于是他又把自己的秘密倾吐给那缄默的对方:

>白云一片去悠悠,青枫浦上不胜愁。

因为他想到她了,那"妆镜台"边的"离人"。他分明听见她的叹喟:

>此时相望不相闻,愿逐月华流照君!

他说自己很懊悔,这飘荡的生涯究竟到几时为止!

>昨夜闲潭梦落花,可怜春半不还家。江水流春去欲尽,江潭落月复西斜!

他在怅惘中,忽然记起飘荡的许不只他一人,对此清景,大概旁人,也只得徒唤奈何罢?

>斜月沉沉藏海雾,碣石潇湘无限路。不知乘月几人归,落月摇情满江树!

这里一番神秘而又亲切的,如梦境的晤谈,有的是强烈的宇宙意识,被宇宙意识升华过的纯洁的爱情,又由爱情辐射出来的同情心,这是诗中的诗,顶峰上的顶峰。从这边回头一望，连刘希夷都是过程了，不用说卢照邻和他的配角骆宾王，更是过程的过程。至于那一百年间梁、陈、隋、唐四代宫廷所遗下了那份最黑暗的罪孽，有了《春江花月夜》这样一首宫体诗，不也就洗净了吗？向前替宫体诗赎清了百年的罪，因此，向后也就和另一个顶峰陈子昂分工合作，清除了盛唐的路，——张若虚的功绩是无从估计的。

卅年（1941）八月廿二日陈家营
原载《当代评论》第十期

四　杰

继承北朝系统而立国的唐朝的最初五十年代，本是一个尚质的时期，王、杨、卢、骆都是文章家，"四杰"这徽号，如果不是专为评文而设的，至少它的主要意义是指他们的赋和四六文。谈诗而称四杰，虽是很早的事，究竟只能算借用。是借用，就难免有"削足适屦"和"挂一漏万"的毛病了。

按通常的了解，诗中的四杰是唐诗开创期中负起了时代使命的四位作家，他们都年少而才高，官小而名大，行为都相当浪漫，遭遇尤其悲惨（四人中三人死于非命）——因为行为浪漫，所以受尽了人间的唾骂，因为遭遇悲惨，所以也赢得了不少的同情。依这样一个概括，简明，也就是肤浅的了解，"四杰"这徽号是满可以适用的，但这也就是它的适用性的最大限度。超过了这限度，假如我们还问到：这四人集团中每个单元的个别情形和相互关系,尤其他们在唐诗发展的路线网里,究竟代表着哪一条,或数条线,和这线在网的整个体系中所担负的任务——假如问到这些方面,"四杰"这徽号的功用与适合性,马上就成问题了。因为诗中的四杰,并非一个单纯的,统一的宗派,而是一个大宗中包孕着两个小宗,而两小宗之间,同点恐怕还不如异点多。因之,在讨论问题时,"四杰"这名词所能给我们的方便,恐怕也不如纠葛多。数字是个很方便的东西,也是个很麻烦的东西。既在某一观点下凑成了一个数目,就不能由你在另一观点下随便拆开它。不能拆开,又不能废弃它,所以就麻烦了。"四杰"这徽号,我们不能,也不想废弃,可是我承认我是抱着"息事宁人"的苦衷来接受它的。

四杰无论在人的方面,或诗的方面,都天然形成两组或两派。先从人的方面讲起。

将四人的姓氏排成"王杨卢骆"这特定的顺序,据说寓有品第文章的意义,这是我们熟知的事实。但除这人为的顺序外,好像还有一个自然的顺序,也常被人采用——那便是序齿的顺序。我们疑心张说《裴公神道碑》"在选曹见骆宾王、卢照邻、王勃、杨炯"，和郗云卿《骆丞集序》"与卢照邻、王勃、杨炯文词齐名"，乃至杜诗"纵使卢王操翰墨"等语中的顺序，都属于这一类。严格的序齿应该是卢、骆、王、杨，其间卢、骆一组，王、杨一组，前者比后者平均大了十岁的光景。然则卢、骆的顺序，在上揭张、郗二文里为什么都颠倒了呢？郗序是为了行文的方便，不用讲。张碑，我想是为了心理的缘故，因为骆与裴（行俭）交情特别深，为裴作碑，自然首先想起骆来。也许骆赴选曹本在先，所以裴也先见到他。果然如此，则先骆后卢，是采用了另一事实作标准。但无论依哪个标准说，要紧的还是在张、郗两文里，前二人（骆、卢）与后二人（王、杨）之间的一道鸿沟（即平均十岁左右的差别），依然存在。所以即使张碑完全用的另一事实——赴选的先后作为标准，我们依然可以说，王、杨赴选在卢、骆之后，也正说明了他们年龄小了许多。实在，卢、骆与王、杨简直可算作两辈子人。据《唐会要》卷八二，"显庆二年，诏征太白山人孙思邈入京，卢照邻、宋令文、孟诜皆执师贽之礼。"令文是宋之问的父亲，而之问是杨炯同僚的好友。卢与之问的父亲同辈，而杨与之问本人同辈，那么卢与杨岂不是不能同辈了吗？明白了这一层，杨炯所谓"愧在卢前，耻居王后"，便有了确解。杨年纪比卢小得多，名字反在卢前，有愧不敢当之感，所以说"愧在卢前"，反之，他与王名分是同年，名字在王后，说"耻居王后"，正是不甘心的意思。

比年龄的距离更重要的一点，便是性格的差异。在性格上四杰也天然形成两种类型，卢、骆一类，王、杨一类。诚然，四人都是历史上著名的"浮躁浅露"不能"致远"的殷鉴，每人"丑行"的事例，都被谨慎地保存在史乘里了，这里也毋庸赘述。但所谓"浮躁浅露"者，也有程度深浅的不同。杨炯，相传据裴行俭说，比较"沉静"。其实王勃，除擅杀官奴那不幸事件外（杀奴在当时社会上并非一件太不平常的事），也不能算过分的"浮躁"。一个人在短短二十八年的生命里，已经完成了这样多方面的一大堆著述：

《舟中纂序》五卷，《周易发挥》五卷，《次论语》十卷，《汉书指瑕》十卷，《大唐千岁历》若干卷，《黄帝八十一难经注》若干卷，《合论》十卷，《续文中子书序诗序》若干篇，《玄经传》若干卷，《文集》三十卷。

能够浮躁到哪里去呢？同王勃一样，杨炯也是文人而兼有学者倾向的，这满可以从他的《天文大象赋》和《驳孙茂道苏知几冕服议》中看出。由此看来，王杨的性格确乎相近。相应的，卢、骆也同属于另一类型，一种在某项观点下真可目为"浮躁"的类型。久历边塞而屡次下狱的博徒革命家，骆宾王，不用讲了。看《穷鱼赋》和《狱中学骚体》，卢照邻也不像是一个安分的分子。骆宾王在《艳情代郭氏答卢照邻》里，便控告过他的薄幸。然而按骆宾王自己的口供：

但使封侯龙额贵，讵随中妇凤楼寒？

他原也是在英雄气概的烟幕下实行薄幸而已。看《忆蜀地佳人》一类诗，他并没有少给自己制造薄幸的机会。在这类事上，卢、骆恐怕还是一丘之貉。最后，卢照邻那悲剧性的自杀，和骆宾王的慷慨就义，不也还是一样？同是用不平凡的方式自动地结束了不平凡的一生，只是一悱恻，一悲壮，各有各的姿态罢了。

这几乎是不可避免的发展；由年龄的两辈，和性格的两类型，到友谊的两个集团。果然，卢、骆二人交情，可凭骆的《艳情代郭氏答卢照邻》诗来坐实，而王、杨的契合，则有王的《秋日饯别序》和杨的《王勃集序》可证。反之，卢或骆与王或杨之间，就看不出这样紧凑的关系来。就现存各家集中所可考见的说，卢、王有两首同题分韵的诗，卢、杨有一首同题同韵的诗，可见他们两辈人确乎在文酒之会中常常见面。可是太深的交情，恐怕谈不到。他们绝少在作品里互相提到彼此的名字，有之，只杨在《王勃集序》中说到一次"薛令公朝右文宗，托末契而推一变，卢照邻人间才杰，览清规而辍九攻"，这反足以证明卢、骆与王、杨属于两个壁垒，虽则是两个对立而仍不失为友军的壁垒。

于是，我们便可谈到他们——卢、骆与王、杨——另一方面的不同了。年龄的不同辈，性格的不同类型，友谊的不同集团，和作风的不同派，这些不也正是一贯的现象吗？其实，不待知道"人"方面的不同，我们早就应该发觉"诗"方面的不同了。假如不受传统名词的蒙蔽，我们早就该惊讶，为什么还非维持这"四"字不可，而不仿"前七子"、"后七子"的例，称卢、骆为"前二杰"，王、杨为"后二杰"？难道那许多迹象，还不足以证明他们两派的不同吗？

首先,卢、骆擅长七言歌行,王、杨专工五律,这是两派选择形式的不同。当然卢、骆也作五律,甚至大部分篇什还是五律,而王、杨一派中至少王勃也有些歌行流传下来,但他们的长处绝不在这些方面。像卢集中的:

> 风摇十洲影,日乱九江文。(《赠李荣道士》)
> 川光摇水箭,山气上云梯。(《山庄休沐》)

和骆集中这样的发端:

> 故人无与晤,安步陟山椒。……(《冬日野望》)

在那贫乏的时代,何尝不是些夺目的珍宝?无奈这些有句无章的篇什,除声调的成功外,还是没有超过齐、梁的水准。骆比较有些"完璧",如《在狱咏蝉》之类,可是又略无警策。同样,王的歌行,除《滕王阁歌》外,也毫不足观。便说《滕王阁歌》,和他那典丽凝重与凄情流动的五律比起来,又算得了什么呢?

杜甫《戏为六绝句》第三首说"纵使卢王操翰墨，劣于汉魏近《风》《骚》"。这里是以卢代表卢、骆，王代表王、杨，大概不成问题。至于"劣于汉魏近《风》《骚》"，假如可以解作王、杨"劣于汉魏"，卢、骆"近《风》《骚》"，倒也有它的妙处，因为卢、骆那用赋的手法写成的粗线条的宫体诗，确乎是《风》《骚》的余响，而王、杨的五言，虽不及汉魏，却越过齐、梁，直接上晋、宋了。这未必是杜诗的原意，但我们不妨借它的启示来阐明一个真理。

卢、骆与王、杨选择形式不同，是由于他们两派的使命不同。卢、骆的歌行，是用铺张扬厉的赋法膨胀过了的乐府新曲，而乐府新曲又是宫体诗的一种新发展，所以卢、骆实际上是宫体诗的改造者。他们都曾经是两京和成都市中的轻薄子，他们的使命是以市井的放纵改造宫廷的堕落，以大胆代替羞怯，以自由代替局缩，所以他们的歌声需要大开大阖的节奏，他们必须以赋为诗。正如宫体诗在卢、骆手里是由宫廷走到市井，五律到王、杨的时代是从台阁移至江山与塞漠。台阁上只有仪式的应制，有"缔句绘章，揣合低印"。到了江山与塞漠，才有低徊与怅惘，严肃与激昂，例如王的《别薛升华》，《送杜少府之任蜀州》

和杨的《从军行》,《紫骝马》一类的抒情诗。抒情的形式,本无须太长,五言八句似乎恰到好处。前乎王、杨,尤其是应制的作品,五言长律用的还相当多。这是该注意的!五言八句的五律,到王、杨才正式成为定形,同时完整的真正唐音的抒情诗也是这时才出现的。

将卢、骆与王、杨对照着看,真是一个说不尽的话题。我在旁处曾说明过从卢、骆到刘(希夷)、张(若虚)是一贯的发展,现在还要点醒,王、杨与沈、宋也是一脉相承。李商隐早无意地道着了秘密:

沈宋裁辞矜变律,王杨落笔得良朋。当时自谓宗师妙,今日惟观属对能。(《漫成章》)

以沈、宋与王、杨并举,实在是最自然,最合理的看法。"律"之"变",本来在王、杨手里已经完成了,而沈、宋也是"落笔得良朋"的妙手。并且我们已经提过,杨炯和宋之问是好朋友。如果我们再知道他们是好到如之问《祭杨盈川文》所说的那程度,我们便更能了然于王、杨与沈、宋所以是一脉相承之故。老实说,就奠定五律基础的观点看,王、杨与沈、宋未尝不可视为一个集团，因此也有资格承受"四杰"的徽号，而卢、骆与刘、张也同样有理由，在改良宫体诗的观点下，被称为另一组"四杰"。一定要墨守着先入为主的传统观点，只看见"王、杨、卢、骆"之为四杰，而抹煞了一切其他的观点，那只是拘泥、顽冥、甘心上传统名词的当罢了。

将卢、骆与王、杨分别划归了刘、张与沈、宋两个集团后，再比较一下刘、张与沈、宋在唐诗中的地位，便也更能了解卢、骆与王、杨的地位了。五律无疑是唐诗最主要的形式，在那时人心目中，五律才是诗的正宗。沈、宋之被人推重，理由便在此。按时人安排的顺序，王、杨的名字列在卢、骆之上，也正因他们的贡献在五律，何况王、杨的五律是完全成熟了的五律，而卢、骆的歌行还不免于草率，粗俗的"轻薄为文"呢？论内在价值，当然王、杨比卢、骆高。然而，我们不要忘记卢、骆曾用以毒攻毒的手段，凭他们那新式宫体诗，一举摧毁了旧式的"江左余风"的宫体诗，因而给歌行芟除了芜秽，开出一条坦途来。若没有卢、骆，哪会有刘、张，哪会有《长恨歌》,《琵琶行》,《连昌宫词》和《秦妇吟》，甚至于李、杜、高岑呢？看来，在文学史上，卢、骆的功绩并不亚于王、杨。后者是建设,前者是破坏,他们各有各的使命。负破坏使命的,本身就得牺牲,所以失败就是他们的成功。人们都以成败论事,我却愿向失败的英雄们多寄予点同情。

原载《世界学生》二卷七期

孟 浩 然

当年孙润夫家所藏王维画的孟浩然像,据《韵语阳秋》和作者葛立方说,是个很不高明的摹本,连所附的王维自己和陆羽、张洎等三篇题识,据他看,也是一手摹出的。葛氏的鉴定大概是对的,但他并没有否认那"俗工"所据的底本——即张洎亲眼见到的孟浩然像,确是王维的真迹。这幅画,据张洎的题识说:

虽轴尘缣古,尚可窥览。观右丞笔迹,穷极神妙。襄阳之状颀而长,峭而瘦,衣白袍,靴帽重戴,乘款段马——一童总角,提书笈负琴而从——风仪落落,凛然如生。

这在今天,差不多不用证明,就可以相信是逼真的孟浩然。并不是说我们知道浩然多病,就可以断定他当瘦。实在经验告诉我们,什九人是当如其诗的。你在孟浩然诗中所意识到的诗人那身影,能不是"颀而长,峭而瘦"的吗?连那件白袍,恐怕都是天造地设,丝毫不可移动的成分。白袍靴帽固然是"布衣"孟浩然分内的装束,尤其是诗人孟浩然必然的扮相。编《孟浩然集》的王士源应是和浩然很熟的人,不错,他在序文里用来开始介绍这位诗人的"骨貌淑清,风神散朗"八字,与夫陶翰《送孟六入蜀序》所谓"精朗奇素",无一不与画像的精神相合,也无一不与孟浩然的诗境一致。总之,诗如其人,或人就是诗,再没有比孟浩然更具体的例证了。

张祜曾有过"襄阳属浩然"之句,我们却要说:浩然也属于襄阳。也许正惟浩然是属于襄阳的,所以襄阳也属于他。大半辈子岁月在这里度过,大多数诗章是在这地方,因这地方,为这地方而写的。没有第二个襄阳人比孟浩然更忠于襄阳,更爱襄阳的。晚年漫游南北,看过多少名胜,到头还是:

山水观形胜,襄阳美会稽。

实在襄阳的人杰地灵，恐怕比它的山水形胜更值得人赞美。从汉阴丈人到庞德公，多少令人神往的风流人物，我们简直不能想象一部《襄阳耆旧传》，对于少年的孟浩然是何等深厚的一个影响。了解了这一层，我们才可以认识孟浩然的人、孟浩然的诗。

隐居本是那时代普遍的倾向，但在旁人仅仅是一个期望，至多也只是点暂时的调剂，或过期的赔偿，在孟浩然却是一个完完整整的事实。在构成这事实的复杂因素中，家乡的历史地理背景，我想，是很重要的一点。

在一个乱世，例如庞德公的时代，对于某种特别性格的人，入山采药，一去不返，本是惟一的出路。但生在"开元全盛日"的孟浩然，有那必要吗？然则为什么三番两次朋友伸过援引的手来，都被拒绝，甚至最后和本州采访使韩朝宗约好了一同入京，到头还是喝得酩酊大醉，让韩公等烦了，一赌气独自先走了呢？正如当时许多有隐士倾向的读书人，孟浩然原来是为隐居而隐居，为着一个浪漫的理想，为着对古人的一个神圣的默契而隐居。在他这回，无疑的那成立默契的对象便是庞德公。孟浩然当然不能为韩朝宗背弃庞公。鹿门山不许他，他自己家园所在，也就是

"庞公栖隐处"的鹿门山，绝不许他那样做。

> 鹿门月照开烟树，忽到庞公栖隐处。岩扉松径长寂寥，惟有幽人自来去。

这幽人究竟是谁？庞公的精灵，还是诗人自己？恐怕那时他自己也分辨不出，因为心理上他早与那位先贤同体化了。历史的庞德公给了他启示，地理的鹿门山给了他方便，这两项重要条件具备了，隐居的事实便容易完成得多了。实在，鹿门山的家园早已使隐居成为既成事实，只要念头一转，承认自己是庞公的继承人，此身便俨然是《高士传》中的人物了。总之，是襄阳的历史地理环境促成孟浩然一生老于布衣的。孟浩然毕竟是襄阳的孟浩然。

我们似乎为奖励人性中的矛盾，以保证生活的丰富，几千年来一直让儒、道两派思想维持着均势，于是读书人便永远在一种心灵的僵局中折磨自己，巢由与伊皋，江湖与魏阙，永远矛盾着，冲突着，于是生活便永远不协调，而文艺也便永远不缺少题材。矛盾是常态，愈矛盾则愈常态。今天是伊皋，明天是巢由，后天又是伊皋，这是行为的矛盾。当巢由时向往着伊皋，当了伊皋，又不能忘怀于巢由，这是行为与感情间的矛盾。在这双重矛盾的夹缠中打转，是当时一般的现象。反正用诗一发泄，任何矛盾都注销了。诗是唐人排解感情纠葛的特效剂，说不定他们正因有诗作保障，才敢于放心大胆地制造矛盾，因而那时代的矛盾人格才特别多。自然，反过来说，矛盾愈深愈多，诗的产量也愈大了。孟浩然一生没有功名，除在张九龄的荆州幕中当过一度清客外，也没有半个官职，自然不会发生第一项矛盾问题。但这似乎就是他的一贯性的最高限度。因为虽然身在江湖，他的心并没有完全忘记魏阙。下面不过是许多显明例证中之一：

欲济无舟楫，端居耻圣明。坐观垂钓者，徒有羡鱼情。

然而"羡鱼"毕竟是人情所难免的，能始终仅仅"临渊羡鱼"，而并不"退而结网"，实在已经是难得的一贯了。听李白这番热情的赞叹，便知道孟浩然超出他的时代多么远：

吾爱孟夫子，风流天下闻。红颜弃轩冕，白首卧松云。醉月频中圣，迷花不事君。高山安可仰，徒此挹清芬。

　　可是我们不要忘记矛盾与诗的因果关系，许多诗是为给生活的矛盾求统一，求调和而产生的。孟浩然既免除了一部分矛盾，对于他，诗的需要便当减少了。果然，他的诗是不多，量不多，质也不多。量不多，有他的同时人作见证，杜甫讲过的："吾怜孟浩然……赋诗虽不多，往往凌鲍谢。"质不多，前人似乎也早已见到。苏轼曾经批评他："韵高而才短，如造内法酒手，而无材料。"这话诚如张戒在《岁寒堂诗话》里所承认的，是说尽了孟浩然，但也要看才字如何解释。才如果是指才情与才学二者而言，那就对了，如果专指才学，还算没有说尽。情当然比学重要得多。说一个人的诗缺少情的深度和厚度，等于说他的诗的质不够高。孟浩然诗中质高的有是有些，数量总是太少。"气蒸云梦泽，波撼岳阳城"式的和"微云淡河汉，疏雨滴梧桐"式的句子，在集中几乎都找不出第二个例子。论前者，质和量当然都不如杜甫，论后者，至少在量上不如王维。甚至"不材明主弃，多病故人疏",质量都不如刘长卿和十才子。这些都不是真正的孟浩然。真孟浩然不是将诗紧紧地筑在一联或一句里,而是将它冲淡了,平均地分散在全篇中:

> 出谷未停午,到家日已曛。回瞻下山路,但见牛羊群。樵子暗相失,草虫寒不闻。衡门犹未掩,伫立望夫君。

甚至淡到令你疑心到底有诗没有。

> 垂钓坐盘石,水清心亦闲。鱼行潭树下,猿挂岛藤间。游女昔解佩,传闻于此山。求之不可得,沿月棹歌还。

淡到看不见诗了,才是真正孟浩然的诗,不,说是孟浩然的诗,倒不如说是诗的孟浩然,更为准确。在许多旁人,诗是人的精华,在孟浩然,诗纵非人的糟粕,也是人的剩余。在最后这首诗里,孟浩然几曾做过诗?他只是谈话而已。甚至要紧的还不是那些话,而是谈话人的那副"风神散朗"的姿态。读到"求之不可得，沼月棹歌还"，我们得到一如张洎从画像所得到的印象："风仪落落，凛然如生。"得到了像，便可以忘言，得到了"诗的孟浩然"便可以忘掉"孟浩然的诗"了。这是我们前面所提到的"诗如其人"或"人就是诗"的另一解释。

超过了诗也好，够不上诗也好，任凭你从环子的哪一点看起。反正除了孟浩然，古今并没有第二个诗人到过这境界。东坡说他没有才，东坡自己的毛病，就在才太多。

庄子笑曰："周将处乎材与不材之间。材与不材之间，似之而非也，故未免乎累。"

谁能了解庄子的道理，就能了解孟浩然的诗，当然也得承认那点"累"。至于"似之而非"，而又能"免乎累"，那除陶渊明，还有谁呢？

原载《大国民报》

贾 岛

这像是元和长庆间诗坛动态中的三个较有力的新趋势：这边老年的孟郊，正哼着他那沙涩而带芒刺感的五古，恶毒地咒骂世道人心，夹在咒骂声中的，是卢仝、刘叉的"插科打诨"，和韩愈的洪亮的嗓音，向佛老挑衅。那边元稹、张籍、王建等，在白居易的改良社会的大纛下，用律动的乐府调子，对社会泣诉着他们那各阶层中病态的小悲剧。同时远远地，在古老的禅房或一个小县的僻署里，贾岛、姚合领着一群青年人作诗，为各人自己的出路，也为着癖好，作一种阴黯情调的五言律诗（阴黯由于癖好，五律为着出路）。

老年、中年人忙着挽救人心，改良社会，青年人反不闻不问，只顾躲在幽静的角落里作诗，这现象现在看来不免新奇，其实正是旧中国传统社会制度下的正常状态。不像前两种人，或已"成名"，或已通籍，在权位上有说话做事的机会和责任,这般没功名、没宦籍的青年人,在地位上职业上可说尚在"未成年"时期,种种对国家社会的崇高责任是落不到他们肩上的。越俎代庖的行为是情势所不许的,所以恐怕谁也没想到那头上来。有抱负也好,没有也好,一个读书人生在那时代,总得作诗。作诗才有希望爬过第一层进身的阶梯。诗做到合乎某种程式,如其时运也凑巧,果然混得一"第",到那时,至少在理论上你才算在社会中"成年"了,才有说话做事的资格。否则万一你的诗做得不及或超过了程式的严限,或诗无问题而时运不济,那你只好做一辈子的诗,为责任作诗以自课,为情绪作诗以自遣。贾岛便是在这古怪制度之下被牺牲,也被玉成了的一个。在这种情形下,你若还怪他没有服膺孟郊到底,或加入白居易的集团,那你也可算不识时务了。

贾岛和他的徒众,为什么在别人忙着救世时,自己只顾作诗,我们已经明白了;但为什么单做五律呢?这也许得再说明一下。孟郊等为便于发议论而作五古,白居易等为讲故事而作乐府,都是为了各自特殊的目的,在当时习惯以外,匠心地采取了各自特殊的工具。贾岛一派人则没有那必要。为他们起见,当时最通行的体裁——五律就够了。一则五律与五言八韵的试帖最近，作五律即等于作功课；二则为拈拾点景物来烘托出一种情调，五律也正是一种标准形式。然而作诗为什么老是那一套阴霾、凛冽、峭硬的情调呢？我们在上文说那是由于癖好，但癖好又是如何形成的呢？这点似乎尤其重要。如果再明白了这点，便明白了整个的贾岛。

我们该记得贾岛曾经一度是僧无本。我们若承认一个人前半辈子的蒲团生涯，不能因一旦返俗，便与他后半辈子完全无关，则现在的贾岛，形貌上虽然是个儒生，骨子里恐怕还有个释子在。所以一切属于人生背面的，消极的，与常情背道而驰的趣味，都可溯源到早年在禅房中的教育背景。早年记忆中：

坐学白骨塔，

或：

三更两鬓几枝雪，一念双峰四祖心。

的禅味，不但是：

> 独行潭底影,数息树边身。
> ……………
> 月落看心次,云生闭目中。

一类诗境的蓝本,而且是:

> 瀑布五千仞,草堂瀑布边。
> ……………
> 孤鸿来夜半,积雪在诸峰。

甚至:

> 怪禽啼旷野,落日恐行人。

的渊源。他目前那时代——一个走上了末路的,荒凉,寂寞,空虚,一切罩在一层铅灰色调中的时代,在某种意义上与他早年记忆中的情调是调和,甚至一致的。惟其这时代的一般情调,基于他早年的经验,可说是先天地与他不但面熟,而且知心,所以他对于时代,不至如孟郊那样愤恨,或白居易那样悲伤,反之,他却能立于一种超然地位,借此温寻他的记忆,端详它，摩挲它，仿佛一件失而复得的心爱的什物一样。早年的经验使他在那荒凉得几乎狰狞的"时代相"前面，不变色，也不伤心，只感着一种亲切，融洽而已。于是他爱静，爱瘦，爱冷，也爱这些情调的象征——鹤、石、冰雪。黄昏与秋是传统诗人的时间与季候，但他爱深夜过于黄昏，爱冬过于秋。他甚至爱贫、病、丑和恐怖。他看不出：

　　鹦鹉惊寒夜唤人。

句一定比：

　　山雨滴栖鹒。

更足以令人关怀，也不觉得：

　　牛羊识僮仆，既夕应传呼。

较之：

　　归吏封宵钥，行蛇入古桐。

更为自然。也不能说他爱这些东西。如果是爱,那便太执著而邻于病态了。(由于早年禅院的教育,不执著的道理应该是他早已懂透了的。)他只觉得与它们臭味相投罢了。更说不上好奇。他实在因为那些东西太不奇,太平易近人,才觉得它们"可人",而喜欢常常注视它们。如同一个三棱镜,毫无主见地准备接受并解析日光中各种层次的色调,无奈"世纪末"的云翳总不给他放晴,因此他最热闹的色调也不过:

> 杏园啼百舌,谁醉在花傍!
> …………
> 身事岂能遂?兰花又已开。

和:

> 柳转斜阳过水来。

之类。常常是温馨与凄清糅合在一起,

> 芦苇声兼雨,芰荷香绕灯。

春意留恋在严冬的边缘上:

旧房山雪在,春草岳阳生。

他瞥见的"月影"偏偏不在花上而在"蒲根","栖鸟"不在绿杨中而在"棕花上"。是点荒凉感,就逃不脱他的注意,哪怕琐屑到:

湿苔粘树瘿。

以上这些趣味,诚然过去的诗人也偶尔触及到,却没有如今这样大量地,彻底地被发掘过。花样、层次也没有这样丰富。我简直无法想象他给与当时人的,是如何深刻的一个刺激。不,不是刺激,是一种酣畅的满足。初唐的华贵,盛唐的壮丽,以及最近十才子的秀媚,都已腻味了,而且容易引起一种幻灭感。他们需要一点清凉,甚至一点酸涩来换换口味。在多年的热情与感伤中,他们的感情也疲乏了。现在他们要休息。他们所熟悉的禅宗与老庄思想也这样开导他们。孟郊、白居易鼓励他们再前进。眼看见前进也是枉然,不要说他们早已声嘶力竭。况且有时在理论上就释、道二家的立场说,他们还觉得"退"才是正当办法。正在苦闷中,贾岛来了,他们得救了,他们惊喜得像发现了一个新天地。真的，这整个人生的半面，犹如一日之中有夜，四时中有秋冬，——为什么老被保留着不许窥探？这里确乎是一个理想的休息场所，让感情与思想都睡去，只感官张着眼睛往有清凉色调的地带涉猎去：

叩齿坐明月，措颐望白云。

休息又休息。对了，惟有休息可以驱除疲惫，恢复气力，以便应付下一场的紧张。休息，这政治思想中的老方案，在文艺态度上可说是第一次被贾岛发现的。这发现的重要性可由它在当时及以后的势力中窥见。由晚唐到五代，学贾岛的诗人不是数字可以计算的，除极少数鲜明的例外，是向着词的意境与词藻移动的，其余一般的诗人大众，也就是大众的诗人，则全属于贾岛。从这观点看，我们不妨称晚唐五代为贾岛时代。① 他居然被崇拜到这地步：

---

① 宋方岳《深雪偶谈》："贾阆仙……同时喻凫、顾非熊，继此张乔、张蠙、李频、刘得仁，凡晚唐诸子，皆于纸上北面，随其所得深浅，皆足以终其身而名后世。"

> 李洞……酷慕贾长江，遂铜写岛像，戴之巾中，常持数珠念贾岛佛。人有喜贾岛诗者，洞必手录岛诗赠之，叮咛再四曰："此无异佛经，归焚香拜之。"（《唐才子传》九）
>
> 南唐孙晟……尝画贾岛像，置于屋壁，晨夕事之。（《郡斋读书志》十八）

上面的故事，你尽可解释为那时代人们的神经病的象征，但从贾岛方面看，确乎是中国诗人从未有过的荣誉，连杜甫都不曾那样老实地被偶像化过，你甚至说晚唐五代之崇拜贾岛是他们那一个时代的偏见和冲动，但为什么几乎每个朝代的末叶都有回向贾岛的趋势？宋末的四灵，明末的钟、谭，以至清末的同光派，都是如此。不宁惟是，即宋代江西派在中国诗史上所代表的新阶段，大部分不也是从贾岛那份遗产中得来的盈余吗？可见每个在动乱中灭毁的前夕都需要休息，也都要全部地接受贾岛，而在平时，也未尝不可以部分地接受他，作为一种调剂，贾岛毕竟不单是晚唐五代的贾岛，而是唐以后各时代共同的贾岛。

原载昆明《中央日报·文艺》第十八期

杜 甫

引 言

明吕坤曰:"史在天地,如形之景。人皆思其高曾也,皆愿睹其景。至于文儒之士,其思书契以降之古人,尽若是已矣。"数千年来的祖宗,我们听见过他们的名字,他们生平的梗概,我们仿佛也知道一点,但是他们的容貌、声音,他们的性情、思想,他们心灵中的种种隐秘——欢乐和悲哀,神圣的企望,庄严的愤慨,以及可笑亦复可爱的弱点或怪癖……我们全是茫然。我们要追念,追念的对象在哪里?要仰慕,仰慕的目标是什么,要崇拜,向谁施礼?假如我们是肖子肖孙,我们该怎样地悲恸,怎样地心焦!

看不见祖宗的肖像,便将梦魂中迷离恍惚的,捕风捉影摹拟出来,聊当瞻拜的对象——那也是没有办法的慰情的办法。我给诗人杜甫绘这幅小照，是不自量，是渎亵神圣，我都承认。因此工作开始了，马上又搁下了。一搁搁了三年，依然死不下心去，还要赓续，不为别的，只还是不奈何那一点"思其高曾，愿睹其景"的苦衷罢了。

像我这回捐起的工作，本来应该包括两层步骤，第一是分析，第二是综合。近来某某考证，某某研究，分析的工作做得不少了；关于杜甫，这类的工作，据我知道的却没有十分特出的成绩。我自己在这里偶尔虽有些零星的补充，但是，我承认，也不是什么大发现。我这次简直是跳过了第一步，来径直做第二步；这样做法，是不会有好结果的，自己也明白。好在这只是初稿，只要那"思其高曾，愿睹其景"的心情不变，永远那样地策励我，横竖以后还可以随时搜罗，随时拼补。目下我绝不敢说，这是真正的杜甫，我只说是我个人想象中的"诗圣"。

我们的生活如今真是太放纵了，太夸妄了，太杳小了，太龌龊了。因此我不能忘记杜甫；有个时期，华茨华斯[①]也不能忘记弥尔敦，他喊——

[①] 今通译作华兹华斯。后文中华茨语同此。编者注。

> Milton! thou shouldst be living at this hour:
> England hath need of thee: she is a fen
> Of stagnant waters: alter, sword, and pen,
> Fireside, the heroic wealth of hall and bower,
> Have forfeited their ancient English dower
> Of inward happiness, we are selfish men:
> O raise us up, return to us again;
> And give us manners, virtue, freedom, power.

一

  当中一个雄壮的女子跳舞。四面围满了人山人海的看客。内中有一个四龄童子，许是骑在爸爸肩上，歪着小脖子，看那舞女的手脚和丈长的彩帛渐渐摇起花来了。看着，看着，他也不觉眉飞目舞，仿佛很能领略其间的妙绪。他是从巩县特地赶到郾城来看跳舞的。这一回经验定给了他很深的印象。下面一段是他几十年后的回忆：

    爧如羿射九日落，矫如群帝骖龙翔；来如雷

霆收震怒，罢如江海凝清光。

舞女是当代名满天下的公孙大娘。四岁的看客后来便成为中国有史以来第一个大诗人，四千年文化中最庄严、最瑰丽、最永久的一道光彩。四岁时看的东西，过了五十多年，还能留下那样活跃的印象，公孙大娘的艺术之神妙，可以想见，然而小看客的感受力，也就非凡了。

杜甫，字子美；生于唐睿宗先天元年（七一二）；原籍襄阳，曾祖依艺做河南巩县县令，便在巩县住家了。子美幼时的事迹，我们不大知道。我们知道的，是他母亲死得早，他小时是寄养在姑母家里。他自小就多病。有一天可叫姑母为难了。儿子和侄儿都病着，据女巫说，要病好，病人非睡在东南角的床上不可；但是东南角的床铺只有一张，病人却有两个。老太太居然下了决心，把侄儿安顿在吉利的地方，叫自家的儿子填了侄儿的空子。想不到决心下了，结果就来了。子美长大了，听见老家人讲姑母如何让表兄给他替了死，他一辈子觉得对不起姑母。

早慧不算稀奇；早慧的诗人尤其多着。只怕很少诗人开笔开得像我们诗人那样有重大的意义。子美第一次破口歌颂的，不是什么凡物。这"七龄思即壮，开口咏凤凰"的小诗人，可以说，咏的便是他自己。禽族里再没有比凤凰善鸣的，诗国里也没有比杜甫更会唱的。凤凰是禽中之王，杜甫是诗中之圣，咏凤凰简直是诗人自占的预言。从此以后，他便常常以凤凰自比；（《凤凰台》，《赤凤行》便是最明白的表示。）这种比拟，从现今这开明的时代看去，倒有一种特别恰当的地方。因为谈论到这伟大的人格，伟大的天才，谁不感觉寻常文字的无效？不，无效的还不只文字，你只顾呕尽心血来悬拟、揣测，总归是隔膜，那超人的灵府中的秘密，他的心情，他的思路，像宇宙的谜语一样，绝不是寻常的脑筋所能猜透的。你只懂得你能懂的东西；因此，谈到杜甫，只好拿不可思议的比不可思议的。凤凰你知道是神话，是子虚，是不可能。可是杜甫那伟大的人格，伟大的天才，你定神一想，可不是太伟大了，伟大得可疑吗？上下数千年没有第二个杜甫，（李白有他的天才，没有他的人格。）你敢信杜甫的存在绝对可靠吗？一切的神灵和类似神灵的人物都有人疑过，荷马有人疑过，莎士比亚有人疑过，杜甫失了被疑的资格，只因文献、史迹，种种不容抵赖的铁证，一五一十，都在我们手里。

　　子美自弱冠以后，直到老死，在四方奔波的时候多，安心求学的机会很少。若不是从小用过一番苦功，这诗人的学力哪得如此的雄厚？生在书香门第，家境即使贫寒，祖藏的书籍总还够他餍饫的。从七八岁到弱冠的期间，我们想象子美的生活，最主要的，不外作诗、作赋、读书、写擘窠大字，……无论如何，闲游的日子总占少数。（从七岁以后，据他自称，四十年中做了一千多首诗文；一千多首作品是要时间作的。）并且多病的身体当不起剧烈的户外生活，读书学文便自然成了惟一的消遣。他的思想成熟得特别早，一半固由于天赋，一半大概也是孤僻的书斋生活酿成的。在书斋里，他自有他的世界。他的世界是时间构成的；沿着时间的航线，上下三四千年，来往地飞翔，他沿路看见的都是圣贤、豪杰、忠臣、孝子、骚人、逸士——都是魁梧奇伟、温馨凄艳的灵魂。久而久之，他定觉得那些庄严灿烂的姓名，和生人一般的实在，而且渐渐活现起来了，于是他看得见古人行动的姿态，听得到古人歌哭的声音。甚至他们还和他揖让周旋，上下议论；他成了他们其间的一员。于是他只觉得自己和寻常的少年不同，他几乎是历史中的人物，他和古人的关系比和今人的关系密切多了。他是在时间里，不是在空间里活着。他为什么不那样想呢？这些古人不是在他心灵里活动，血脉里运行吗？他的身体不是从这些古人的身体分泌出来的吗？是的，那政事、武功、学术震耀一时的儒将杜预便是他的十三世祖；那宣言"吾文章当得屈宋作衙官，吾笔当得王羲之北面"的著名诗人杜审言，便是他的祖父；他的叔父杜升是个为报父仇而杀身的十三岁的孝子；他的外祖母便是张说所称的那为监牢中的父亲"菲屦布衣，往来供馈，徒行悴色，伤动人伦"的孝女；他外祖母的兄弟，崔行芳，曾经要求给二哥代死，没有诏准，就同哥哥一起就刑了，当时称为"死悌"。你看他自己家里，同外家里，事业、文章、孝行、友爱，——立德、立功、立言的人物这样多；他翻开近代的史乘，等于翻开自己的家谱。这样读者，对于一个青年的身心，潜移默化的影响，定是不可限量的。难怪一般的少年，他瞧不上眼。他是一个贵族，不但在族望上，便论德行和智慧，他知道，也应该高人一等。所以他的朋友，除了书本里的古人，就是几个有文名的老前辈。要他同一般行辈相等的庸夫俗子混在一起，是办不到的。看看这一段文字，便可想见当时那不可一世的气概：

> 性豪业嗜酒，嫉恶怀刚肠；脱略小时辈，结交皆老苍；饮酣视八极，俗物皆茫茫。

子美所以有这种抱负，不但因为他的血缘足以使他自豪，也不仅仅是他不甘自暴自弃；这些都是片面的，次要的理由。最要紧的，是他对于自己的成功，如今确有把握了。崔尚、魏启心一般的老前辈都比他作班固、扬雄；他自己仿佛也觉得受之无愧。十四五岁的杜二，在翰墨场中，已经是一个角色了。

这时还有一件事也可以增长一个人的兴致。从小摆不脱病魔的纠缠，如今摆脱了。这件事竟许是最足令人开心的。因为毕竟从前那种幽闭的书斋生活不大自然；只因一个人缺欠了健康，身体失了自由，什么都没有办法。如今健康恢复了，有了办法，便尽量地追回以前的积欠，当然是不妨的，简直是应该的。譬如院子里那几棵枣树，长得比什么树都古怪，都有精神，枝子都那样剑拔弩张地挺着，仿佛全身都是劲。一个人如今身体强了，早起在院子里走走，往往也觉得浑身是劲，忽然看见它们那挑衅的样子，恨不得拣一棵抱上去，和它摔一跤，决个雌雄。但是想想那举动又未免太可笑了。最好是等八月来，枣子熟了，弟妹们只顾要枣子吃；枣子诚然好吃，但是当哥哥的，尤其身强力壮的哥哥，最得意的，不是吃枣子，是在那给弟妹们不断地供应枣子的任务。用竹篙子打枣子还不算本领。哥哥有本领上树，不信他可以试给他们看看。上树要上到最高的枝子，又得不让枣刺扎伤了手，脚得站稳了，还不许踩断了树枝；然后躲在绿叶里，一把把地撒下来；金黄色的，朱砂色的，红黄参半的枣子，花花刺刺地撒将下来，得让孩子们抢都抢不赢。上树的技术练高了，一天可以上十来次，棵棵树都要上到。最有趣的，是在树顶上站直了，往下一望，离天近，离地远，一切都在脚下，呼吸也轻快了，他忍不住大笑一声；那笑里有妙不可言的胜利的庄严和愉快。便是游戏，一个人的地位也要站得超越一点，才不愧是杜甫。

　　健康既经恢复了，年龄也渐渐大了，一个人不能老在家乡守着。他得看看世界。并且单为自己创作的前途打算，多少通都广邑，名山大川，也不得不瞻仰瞻仰。

二

　　大约在二十岁左右，诗人便开始了他的飘流的生活。三十五以前，是快意的游览，（仍旧用他自己的比喻）便像羽翮初满的雏凤，乘着灵风，踏着彩云，往濛濛的长空飞去，他胁下只觉得一股轻松，到处有竹实，有醴泉，他的世界是清鲜，是自由，是无垠的希望，和薛雷①的云雀一般，他是：

An unbodied joy whose race is just begun.

三十五以后，风渐渐尖峭了，云渐渐恶毒了，铅铁的穹窿在他背上逼压着，太阳也不见了，他在风雨雷电中挣扎，血污的翎羽在空中缤纷地旋舞，他长号，他哀呼，唱得越急切，节奏越神奇，最后声嘶力竭，他卸下了生命，他的挫败是胜利的挫败，神圣的挫败。他死了，他在人类的记忆里永远留下了一道不可逼视的白光；他的音乐，或沉雄，或悲壮，或凄凉，或激

---

① 今通译作雪莱，下同。编者注。

越,永远、永远是在时间里颤动着。

子美第一次出游是到晋地的郇瑕(今山西猗氏县),在那边结交的人物,我们知道的,有韦之晋。此后,在三十五岁以前,曾有过两次大举的游历:第一次到吴越,第二次到齐赵。两度的游历,是诗人创作生活上最需要的两种精粹而丰富的滋养。在家乡,一切都是单调、平凡,青的天笼盖着黄的地,每隔几里路,绿杨藏着人家,白杨翳着坟地,分布得驿站似的呆板。土人的生活也和他们的背景一样的单调。我们到过中州的人都知道那是个什么样的去处;大概从唐朝到现在是不会有多少进步的。从那样的环境,一旦踏进山明水秀的江南,风流儒雅的江南,你可以想象他是怎样的惊喜。我们还记得当时和六朝,好比今天和昨日;南朝的金粉,王谢的风流,在那里当然还留着够鲜明的痕迹。江南本是六朝文学总汇的中枢,他读过鲍谢、江沈、阴何的诗,如今竟亲历他们歌哭的场所,他能不感动吗?何况重重叠叠的历史的舞台又在他眼前,剑池、虎丘、姑苏台、长洲苑、太伯的遗庙、阖闾的荒冢以及钱塘、剡溪、鉴湖、天姥——处处都是陈迹、名胜,处处都足以促醒他的回忆,触发他的诗怀。我们虽没有他当时纪游的作品,但是诗人的得意是可以猜到的。美中不足的只是到了姑苏，船也办好了，却没有浮着海。仿佛命数注定了今番只许他看到自然的秀丽，清新的面相；长洲的荷香，镜湖的凉意，和明眸皓齿的耶溪女……都是他今回的眼福；但是那瑰奇雄健的自然，须得等四五年后游齐赵时，才许他见面。

在叙述子美第二次出游以前，有一件事颇有可纪念的价值，虽则诗人自己并不介意。

唐代取士的方法分三种——生徒、贡举、制举。已经在京师各学馆，或州县各学校成业的诸生，送来尚书省受试的，名曰生徒；不从学校出身，而先在州县受试，及第了，到尚书省应试的，名曰贡举。以上两种是选士的常法。此外，每多少年，天子诏行一次，以举非常之士，便是制举。开元二十三年（七三六）子美游吴越回来，挟着那"气劘屈贾垒，目短曹刘墙"的气焰应贡举，县试成功了，在京兆尚书省一试，却失败了。结果没有别的，只是在够高的气焰上又加了一层气焰。功名的纸老虎如今被他戳穿了。果然，他想，真正的学问，真正的人才，是功名所不容的。也许这次下第，不但不能损毁，反足以抬高他的身价。可恨的许只是落第落在名职卑微的考功郎手里，未免叫人丧气。当时士林反对考功郎主试的风潮酝酿得一天比一天紧，在子美"忤下考功第"的明年，果然考功郎吃了举人的辱骂，朝廷从此便改用侍郎主试。

子美下第后八九年之间，是他平生最快意的一个时期，游历了许多名胜，结交了许多名流。可惜那期间是他命运中的朝曦，也是夕照，那几年的经历是射到他生命上的最始和最末的一道金辉；因为从那以后，世乱一天天地纷纭，诗人的生活一天天地潦倒，直到老死，永远闯不出悲哀、恐怖和绝望的环攻。但是末路的悲剧不忙提起，我们的笔墨不妨先在欢笑的时期多留连一会儿，虽则悲惨的下文早晚是要来的。

开元二十四五年之间，子美的父亲——闲——在兖州司马任上，子美去省亲，乘便游历了兖州、齐州一带的名胜，诗人的眼界于是更加开阔了。这地方和家乡平原既不同，和秀丽的吴越也两样。根据书卷里的知识，他常常想见泰山的伟大和庄严，但是真正的岱岳，那"造化钟灵秀，阴阳割昏晓"的奇观，他没有见过。这边的湍流、峻岭、丰草、长林都另有一种他最能了解，却不曾认识过的气魄。在这里看到的，是自然的最庄严的色相。惟有这边自然的气势和风度最合我们诗人的脾胃，因为所有磅礴郁结在他胸中的，自然已经在这景物中说出了；这里一丘一壑，一株树，一朵云，都能引起诗人的共鸣。他在这里勾留了多年，直变成了一个燕赵的健儿；慷慨悲歌，沉郁顿挫的杜甫，如今发现了他的自我。过路的人往往看见一行人马，带着弓箭旗枪，驾着雕鹰，牵着猎狗，望郊野奔去。内中头戴一顶银盔，脑后斗大一颗红缨，全身铠甲，跨在马上的，便是监门胄曹苏预（后来避讳改名源明）。在他左首并辔而行的，装束略微平常，双手横按着长槊，却也是英风爽爽的一个丈夫，便是诗人杜甫。两个少年后来成了极要好的朋友。这回同着打猎的经验，子美永远不能忘记，后来还供给了《壮游》诗一段有声有色的文字：

春歌丛台上，冬猎青丘旁；呼鹰皂枥林，逐兽云雪岗；射飞曾纵鞚，引臂落鹜鸧。苏侯据鞍喜，忽如携葛强。

原来诗人也学得了一手好武艺！

这时的子美，是生命的焦点，正午的日曜，是力，是热，是锋棱，是夺目的光芒。他这时所咏的

《房兵曹胡马》和《画鹰》恰好都是自身的写照。我们不能不腾出篇幅，把两首诗的全文录下：

> 胡马大宛名，锋棱瘦骨成。竹批双耳峻，风入四蹄轻。所向无空阔，真堪托死生。骁腾有如此，万里可横行。——《房兵曹胡马》
>
> 素练风霜起，苍鹰画作殊。㧐身思狡兔，侧目似愁胡。绦镟光堪摘，轩楹势可呼。何当击凡鸟，毛血洒平芜！——《画鹰》

这两首和稍早的一首《望岳》，都是那时期里最重要的代表作品，实在也奠定了诗人全部创作的基础。诗人作风的倾向，似乎是专等这次游历来发现的；齐赵的山水，齐赵的生活，是几天的骄阳接二连三地逼成了诗人天才的成熟。

灵机既经触发了，弦音也已校准了，从此轻拢慢捻，或重挑急抹，信手弹去，都是绝调。艺术一天进步一天，名声也一天大一天。从齐赵回来，在东都（今洛阳）住了两三年，城南首阳山下的一座庄子，排场虽是简陋，门前却常留着达官贵人的车辙马迹。最有趣的是，那一天门前一阵车马的喧声，顿时老苍头跑进来报道贵人来了。子美倒屣出迎；一位道貌岸然的斑白老人向他深深一揖，自道是北海太守李邕久慕诗人的大名，特地来登门求见。北海太守登门求见，与诗人相干吗？世俗的眼光看来，一个乡贡落第的穷书生家里来了这样一位阔客人，确乎是荣誉，是发迹的吉兆。但是诗人的眼光不同。他知道的李邕，是为追谥韦巨源事，两次驳议太常博士李处，和声援宋璟，弹劾谋反的张昌宗弟兄的名御史李邕——是碑版文字，散满天下，并且为要压倒燕国公的"大手笔"，几乎牺牲了性命的李邕——是重义轻财，卑躬下士的李邕。这样一位客人来登门求见，当然是诗人的荣誉；所以"李邕求识面"可以说是他生平最得意的一句诗。结识李邕在诗人生活中确乎要算一件有关系的事。李邕的交游极广，声名又大，说不定子美后来的许多朋友，例如李白、高适诸人，许是由李邕介绍的。

三

写到这里，我们该当品三通画角，发三通擂鼓，然后提起笔来蘸饱了金墨，大书而特书。因为我们四千年的历史里,除了孔子见老子(假如他们是见过面的)没有比这两人的会面,更重大、更神圣、更可纪念的。我们再逼紧我们的想象,譬如说,青天里太阳和月亮走碰了头,那么,尘世上不知要焚起多少香案,不知有多少人要望天遥拜,说是皇天的祥瑞。如今李白和杜甫——诗中的两曜,劈面走来了,我们看去,不比那天空的异瑞一样的神奇,一样的有重大的意义吗?所以假如我们有法子追究,我们定要把两人行踪的线索,如何拐弯抹角时合时离,如何越走越近,终于两条路线会合交叉了——统统都记录下来。假如关于这件事,我们能发现到一些翔实的材料,那该是文学史里多么浪漫的一段掌故!可惜关于李杜初次的邂逅,我们知道的一成,不知道的九成。我们知道天宝三载三月,太白得罪了高力士,放出翰林院之后,到过洛阳一次,当时子美也在洛阳。两位诗人初次见面,至迟是在这个当儿,至于见面时的情形,在什么时候,什么地方,也许是李邕的筵席上,也许是洛阳城内一家酒店里,也许……但这都是可能范围里的猜想,真确的情形,恐怕是永远的秘密。

有一件事我们却拿得稳是可靠的。子美初见太白所得的印象,和当时一般人得的,正相吻合。司马子微一见他,称他"有仙风道骨,可与神游八极之表";贺知章一见,便呼他作"天上谪仙人",子美集中第一首《赠李白》诗满纸都是企羡登真度此的话,假定那是第一次的邂逅,第一次的赠诗,那么,当时子美眼中的李十二,不过一个神采趣味与常人不同,有"仙风道骨"的人,一个可与"相期拾瑶草"的侣伴,诗人的李白没有在他脑中镌上什么印象。到第二次赠诗,说"未就丹砂愧葛洪",回头就带着讥讽的语气问:

痛饮狂歌空度日,飞扬跋扈为谁雄?

依然没有谈到文字。约莫一年以后,第三次赠诗,文字谈到了,也只轻轻的两句"李侯有佳句,往往似阴铿",不是什么了不得的恭维,可是学仙的话一概不提了。或许他们初见时,子美本就对于学仙有了兴味,所以一见了"谪仙人",便引为同调;或许子美的学仙的观念完全是太白的影响。无论如何,子美当时确是做过那一段梦——虽则是很短的一段;说"苦无大药资,山林迹如扫";说"未就丹砂愧葛洪",起码是半真半假的心话。东都本是商贾贵族蜂集的大城,廛市的繁华,人心的机巧,种种城市生活的罪恶,我们明明知道,已经叫子美腻烦、厌恨了;再加上当时炼药求仙的风气正盛,诗人自己又正在富于理想的、如火如荼的浪漫的年华中——在这种情势之下,萌生了出世的观念,是必然的结果。只是杜甫和李白的秉性根本不同:李白的出世,是属于天性的,出世的根性深藏在他骨子里,出世的风神披露在他容貌上;杜甫的出世是环境机会造成的念头,是一时的愤慨。两人的性格根本是冲突的。太白笑"尧舜之事不足惊",子美始终要"致君尧舜上"。因此两人起先虽觉得志同道合,后来子美的热狂冷了,便渐渐觉得不独自己起先的念头可笑,连太白的那种态度也可笑了;临了,念头完全抛弃,从此绝口不提了。到不提学仙的时候,才提到文字,也可见当初太白的诗不是不足以引起子美的倾心,实在是诗人的李白被仙人的李白掩盖了。

　　东都的生活果然是不能容忍了,天宝四载夏天,诗人便取道如今开封归德一带,来到济南。在这边,他的东道主,便是北海太守李邕。他们常时集会、宴饮、赋诗;集会的地点往往在历下亭和鹊湖边上的新亭。在座的都是本地的或外来的名士;内中我们知道的还有李邕的从孙李之芳员外和邑人蹇处士。竟许还有高适，有李白。

是年秋天太白确乎是在济南。当初他们两人是否同来的，我们不晓得；我们晓得他们此刻交情确是很亲密了，所谓"醉眠秋共被，携手日同行"，便是此时的情况。太白有一个朋友范十，是位隐士，住在城北的一个村子上。门前满是酸枣树，架上吊着碧绿的寒瓜，瀚瀚的白云镇天在古城上闲卧着——俨然是一个世外的桃源；主人又殷勤；太白常常带子美到这里喝酒谈天。星光隐约的瓜棚底下，他们往往谈到夜深人静，太白忽然对着星空出神，忽然谈起从前陈留采访使李彦如何答应他介绍给北海高天师学道箓，话说过了许久，如今李彦许早忘记了，他可是等得不耐烦了。子美听到那类的话，只是唯唯否否；直等话头转到时事上来，例如贵妃的骄奢，明皇的昏聩，以及朝里朝外的种种险象，他的感慨才潮水般地涌来。两位诗人谈着话，叹着气，主人只顾忙着筛酒，或许他有意见不肯说出来，或许压根儿没有意见。

（本文未完）

原载《新月》第一卷第六期，十七年（1928）八月十日

英译李太白诗

《李白诗集》The Works of Li Po, The Chinese Poet.

小畑薰良译 Done into English Verse by Shigeyoshi Obata, E. P. Dutton & Co, New York City, 1922.

小畑薰良先生到了北京,更激动了我们对于他译的《李白诗集》的兴趣。这篇评论披露出来了,我希望小畑薰良先生这件惨淡经营的工作,在中国还要受到更普遍的注意,更正确地欣赏。书中虽然偶尔也短不了一些疏忽的破绽,但是大体上看起来,依然是一件很精密,很有价值的工作。如果还有些不能叫我们十分满意的地方,那许是应该归罪于英文和中文两种文字的性质相差太远了；而且我们应注意译者是从第一种外国文字译到第二种外国文字。打了这几个折扣，再通盘计算起来，我们实在不能不佩服小畑薰良先生的毅力和手腕。

这一本书分成三部分：（一）李白的诗；（二）别的作家同李白唱和的诗，以及同李白有关系的诗；（三）序，传，及参考书目。我把第一部分里面的李白的诗，和译者的序，都很尽心地校阅了，我得到无限的乐趣，我也发生了许多的疑窦。乐趣是应该向译者道谢的，疑窦也不能不和他公开地商榷。

第一，我觉得译李白的诗，最要注重鉴别真伪，因为集中有不少的"赝鼎"，有些是唐人伪造的，有些是五代中国人伪造的，有些是宋人伪造的，古来有识的学者和诗人，例如苏轼讲过《草书歌行》，《悲歌行》，《笑歌行》，《姑熟十咏》都是假的；黄庭坚讲过《长干行》第二首和《去妇词》是假的；萧士赟怀疑过的有七篇，赵翼怀疑过的有两篇；龚自珍更说得可怕——他说李白的真诗只有一百二十二篇，算起来全集中至少有一半是假的了。

我们现在虽不必容纳龚自珍那样极端的主张，但是讲李白集中有一部分的伪作，是很靠得住的。况且李阳冰讲了"当时著作，十丧其九"，刘全白又讲"李君文集，家有之而无定卷"。韩愈又叹道："惜哉传于今，泰山一毫芒。"这三个人之中，阳冰是太白的族叔，不用讲了。刘全白、韩愈都离着太白的时代很近，他们的话应当都是可靠的。但是关于鉴别真伪的一点，译者显然没有留意。例如，《长干行》第二首，他便选进去了。鉴别的工夫，在研究文艺，已然是不可少的，在介绍文艺，尤其不可忽略。不知道译者可承认这一点？

再退一步说，我们若不肯断定某一首诗是真的，某一首是假的，至少好坏要分一分。我们若是认定了某一首是坏诗，就拿坏诗的罪名来淘汰它，也未尝不可以。尤其像李太白这样一位专仗着灵感作诗的诗人，粗率的作品，准是少不了的。所以选诗的人，从严一点，总不会出错儿。依我的见解，《王昭君》、《襄阳曲》、《沐浴子》、《别内赴征》、《赠内》、《巴女词》，还有那证明李太白是日本人的朋友的《哭晁卿衡》一类的作品，都可以不必翻译。至于《行路难》、《饯别校书叔云》、《襄阳歌》、《扶风豪士歌》、《西岳云台歌》、《鸣皋歌》、《日出入行》等等的大作品，都应该入选，反而都落选了。这不知道译者是用的一种什么标准去选的,也不知道选择的观念到底来过他脑筋里没有。

太白最擅场的作品是乐府歌行,而乐府歌行用自由体译起来,又最能得到满意的结果。所以多译些《蜀道难》、《梦游天姥吟留别》一类的诗,对于李太白既公道,在译者也最合算。太白在绝句同五律上固然也有他的长处;但是太白的长处正是译者的难关。李太白本是古诗和近体中间的一个关键。他的五律可以说是古诗的灵魂蒙着近体的躯壳,带着近体的藻饰。形式上的秾丽许是可以译的,气势上的浑璞可没法子译了。但是去掉了气势,又等于去掉了李太白。"我来竟何事,高卧沙丘城?城边有古树,日夕连秋声……"这是何等的气势,何等古朴的气势!你看译到英文,成了什么样子?

Why have I come hither, after all?
  Solitude is my lot at Sand Hill city
There are old trees by the city wall
  And many voices of autumn, day and night

这还算好的，再看下面的，谁知道那几行字就是译的"人烟寒橘柚，秋色老梧桐"？

> The smoke from the cottages curls
> 　　Up around the citron trees,
> And the hues of late autumn are
> 　　On the green paulownias.

这到底是怎么一回事？怎么中文的"浑金璞玉"，移到英文里来，就变成这样的浅薄，这样的庸琐？我说这毛病不在译者的手腕，是在他的眼光，就像这一类浑然天成的名句，它的好处太玄妙了，太精微了，是禁不起翻译的。你定要翻译它，只有把它毁了完事！譬如一朵五色的灵芝，长在龙爪似的老松根上，你一眼瞥见了，很小心地把它采了下来，供在你的瓶子里，这一下可糟了！从前的瑞彩，从前的仙气，于今都变成了又干又瘪的黑菌。你搔着头，只着急你供养的方法不对。其实不然，压根儿你就不该采它下来，采它就是毁它，"美"是碰不得的，一黏手它就毁了，太白的五律是这样的，太白的绝句也是这样的。

峨眉山月半轮秋，影入平羌江水流。夜发青溪向三峡，思君不见下渝州。

The autumn moon is half round above Omei Mountain;

Its pale light falls in and flows with the water of the Pingchang River.

In-night I leave Chingchi of the limpid stream for the Three Canyons,

And glides down past Yuchow, thinking of you whom I can not see.

在诗后面译者声明了，这首诗译得太对不起原作了。其实他应该道歉的还多着，岂只这一首吗？并且《静夜思》、《玉阶怨》、《秋浦歌》、《赠汪伦》、《山中答问》、《清平调》、《黄鹤楼送孟浩然之广陵》一类的绝句，恐怕不只小畑薰良先生，实在什么人译完了，都短不了要道歉的。所以要省了道歉的麻烦，这种诗还是少译的好。

我讲到了用自由体译乐府歌行最能得到满意的结果。这个结论是看了好几种用自由体的英译本得来的。读者只要看小畑薰良先生的《蜀道难》便知道了。因为自由体和长短句的乐府歌行,在体裁上相差不远;所以在求文字的达意之外,译者还有余力可以进一步去求音节的仿佛。例如篇中几句"蜀道之难难于上青天",是全篇音节的锁钥,是很重要的。译作"The road to Shu is more difficult to climb than to climb the steep blue heaven"两个(climb)在一句的中间作一种顿挫,正和两个难字的功效一样的;最巧的"难"同 climb 的声音也差不多,又如"上有六龙回日之高标,下有冲波逆折之洄川"译作:

> Lo, the road mark high above, where the six dragons circle the sun!
> The stream far below, winding forth and winding back, breaks into foam.

这里的节奏也几乎是原诗的节奏了。在字句的结构和音节的调度上,本来算韦雷(Arthur Waley)最讲究。小畑薰良先生在《蜀道难》、《江上吟》、《远别离》、《北风行》、《庐山谣》几首诗里,对于这两层也不含糊。如果小畑薰良同韦雷注重的是诗里的音乐,陆威尔(Amy Luwell)注重的便是诗里的绘画。陆威尔是一个 imagist，字句的色彩当然最先引起她的注意。只可惜李太白不是一个雕琢字句、刻画词藻的诗人，跌宕的气势——排奡的音节是他的主要的特性。所以译太白与其注重词藻，不如讲究音节了。陆威尔不及小畑薰良只因为这一点；小畑薰良又似乎不及韦雷，也是因为这一点。中国的文字尤其中国诗的文字，是一种紧凑非常——紧凑到了最高限度的文字。像"鸡声茅店月，人迹板桥霜"。这种句子连个形容词动词都没有了；不用说那"尸位素餐"的前置词、连读词等等的。这种诗意的美，完全是靠"句法"表现出来的。你读这种诗仿佛是在月光底下看山水似的。一切的都隐在一层银雾里面，只有隐约的形体，没有鲜明的轮廓；你的眼睛看不准一种什么东西，但是你的想象可以告诉你无数的形体。温飞卿只把这一个一个的字排在那里，并不依着文法的规程替它们联络起来，好像新印象派的画家，把颜色一点一点地摆在布上，他的工作完了。画家让颜色和颜色自己去互相融洽，互相辉映——诗人也让字和字自己去互相融洽，互相辉映。这样得来的效力准是特别的丰富。但是这样一来中国诗更不能译了。岂只不能用英文译？你就用中国的语体文来试试，看你会不会把原诗闹得一团糟？

就讲"峨眉山月半轮秋",据小畑薰良先生的译文(参看前面),把那两个 the 一个 is 一个 above 去掉了,就不成英文;不去,又不是李太白的诗了。不过既要译诗,只好在不可能的范围里找出个可能来。那么惟一的办法只是能够不增减原诗的字数,便不增减,能够不移动原诗字句的次序,便不移动,小畑薰良先生关于这一点,确乎没有韦雷细心。那可要可不要的 and, though, while... 小畑薰良先生随便就拉来嵌在句子里了。他并且凭空加上一整句,凭空又给拉下一句。例如《乌夜啼》末尾加了一句 for whom I wonder 是毫无必要的。《送汪伦》中间插上一句 It was you and your friends come to bid me farewell 简直是画蛇添足。并且译者怎样知道给李太白送行的,不只汪伦一个人,还有"your friends"呢?李太白并没有告诉我们这一层。《经乱离后天恩流夜郎忆旧游书怀赠江夏韦太守良宰》里有两句"江带峨眉雪,横穿三峡流",他只译作 And lo, the river swelling with the tides of Three Canyons.

试问"江带峨眉雪"的"江"字底下的四个字,怎么能删得掉呢?同一首诗里,他还把"君登凤池去,勿弃贾生才"十个字整个儿给拉下来了。这十个字是一个独立的意思，没有同上下文重复。我想定不是译者存心删去的，不过一时眼花了，给看漏了罢了。（这是集中最长的一首诗；诗长了，看漏两句准是可能的事。）可惜的只是这两句实在是太白作这一首诗的动机。太白这时贬居在夜郎，正在想法子求人援助。这回他又请求韦太守"勿弃贾生才"。小畑薰良先生偏把他的真正意思给漏掉了；我怕太白知道了，许有点不愿意罢？

译者还有一个地方太滥用他的自由了。一首绝句的要害就在三四两句。对于这两句，译者应当格外小心，不要损伤了原作的意味。但是小畑薰良先生常常把它们的次序颠倒过来了。结果，不用说了，英文也许很流利，但是李太白又给挤掉了。谈到这里，我觉得小畑薰良先生的毛病，恐怕根本就在太用心写英文了。死气板脸地把英文写得和英美人写的一样，到头读者也只看见英文，看不见别的了。

虽然小畑薰良先生这一本译诗，看来是一件很细心的工作，但是荒谬的错误依然不少。现在只稍微举几个例子。"石径"绝不当译作 stony wall，"章台走马著金鞭"的"著"绝不当译作 lightly carried，"风流"绝不能译作 wind and stream，"燕山雪花大如席"

的"席"也绝不能译作 pillow,"青春几何时"怎能译作 Green Spring and what time 呢?扬州的"扬"从"手",不是杨柳的"杨"。但是他把扬州译成了 willow valley。《月下独酌》里"圣贤既已饮"译作 Both the sages and the wise were drunkers,错了。应该依韦雷的译法——of saint and sage I have long quaffed deep 才对。考证不正确的例子也有几个。"借问卢耽鹤"卢是姓,耽是名字,译者把"耽鹤"两个字当做名字了。紫微本是星的名字。紫微宫就是未央宫,不能译为 imperial palace of purple。郁金本是一种草,用郁金的汁水酿成的酒名郁金香。所以"兰陵美酒郁金香"译作 The delicious wine of Lanling is of golden hue and flavorous,也不妥当。但是,最大的笑话恐怕是《白纻辞》了。这个错儿同 Ezra Pound 的错儿差不多。Pound 把两首诗拼作一首,把第二首的题目也给拼到正文里去了。小畑薰良先生把第二首诗的第一句割了来,硬接在第一首的尾巴上。

我虽然把小畑薰良先生的错儿整套地都给搬出来了,但是我希望读者不要误会我只看见小畑薰良先生的错处,不看见他的好处。开章明义我就讲了这本翻译大体上看来是一件很精密,很有价值的工作。一件翻译的作品，也许旁人都以为很好，可是叫原著的作者看了，准是不满意的，叫作者本国的人看了，满意的许有，但是一定不多。Fitzgerald 译的 Rubaiyat 在英文读者的眼里，不成问题，是译品中的杰作，如果让一个波斯人看了，也许就要摇头了。再要让我默自己看了，定要跳起来嚷道"牛头不对马嘴"！但是翻译当然不是为原著的作者看的，也不是为懂原著的人看的，翻译毕竟是翻译，同原著当然是没有比较的。一件译品要在懂原著的人面前讨好，是不可能的，也是没有必要的。假使小畑薰良先生的这一个译本放在我眼前，我马上就看出了这许多的破绽来，那我不过是同一般懂原文的人一样地不近人情。我盼望读者——特别是英文读者不要上了我的当。

翻译中国诗在西方是一件新的工作，（最早的英译在一八八八年。）用自由体译中国诗，年代尤其晚。据我所知道的小畑薰良先生是第四个人用自由体译中国诗。所以这种工作还在尝试期中。在尝试期中，我们不应当期望绝对的成功，只能讲相对的满意。可惜限于篇幅，我不能把韦雷、陆威尔的译本录一点下来，同小畑薰良先生的作一个比较。因为要这样我们才能知道小畑薰良先生的翻译同陆威尔比，要高明得多，同韦雷比，超过这位英国人的地方也不少。这样讲来，小畑薰良先生译的《李白诗集》在同类性质的译本里，所占的位置很高了。再想起他是从第一种外国文字译到第二种外国文字，那么他的成绩更有叫人钦佩的价值了。

原载北平《晨报》副刊，十五年（1926）六月三日

诗与批评

白朗宁夫人的情诗

一

我想起昔年那位希腊的诗人,
唱着流年的歌儿——可爱的流年,
渴望中的流年,一个个的宛然
都手执着颁送给世人的礼品:
我沉吟着诗人的古调,我不禁
泪眼发花了,于是我渐渐看见
那温柔凄切的流年,酸苦的流年,
我自己的流年,轮流掷着暗影,
掠过我的身边。马上我就哭起来。
我明知道有一个神秘的模样,
在背后揪着我的头发往后掇,
正在挣扎的当儿,我听见好像

一个厉声"谁掇着你，猜猜！"
"死，"我说。"不是死，是爱。"他讲。

二

可是在上帝的全宇宙里，总共
才有三个人听见了你那句话——
除了讲话的你，听话的我，便是他——
上帝自己！并且我们三人之中，
还有一个答话的……那话来得可凶！
诅得我一阵的昏迷，一阵的眼花，……
我瞎了，看不见你了，……那一刹那
的隔绝，真是比"死"还要严重。
因为上帝一声"不行"比谁都厉害！
尘世的倾轧捣不毁我们的亲昵，
风雷不能屈挠我们，海洋不能更改，
我们的手要伸过峻岭，互相提携，
临了，天空若滚到我们中间来，
我们为星辰起誓，还要更加激励。

三

我们原不一样,爱呀,你信不信?
我们的职司和前程都不一样。
我们俩人的天使迎面飞来,翅膀
摩着翅膀,大家瞪着惊愕的眼睛。
你想想呵,你乃是后妃的上宾,
满宫的明眸飞着眼色,请你主掌
歌筵——我这一双眼睛,不用讲,
纵然流着泪,也没有那样鲜明。
那么,你还干什么那样望着我,
站在那灯光辉映的窗棂里边?
我,一个凄惶流落的歌者,靠着
柏树上,歌声通过了黑暗的园亭……
你头上是圣油——我头上是露颗;
除了死,你我间的差异怎修得圆?

四

你曾经奉到圣旨召入了宫廷,

翩翩的歌者，你歌着名贵的诗篇，
嫔妃们为你止舞，要你再唱一遍，
人人都注视着你那殷实的歌唇。
你真要抽起我这门闩？你果真
不嫌它辜负了你的手？你想想看，
你能让你那音乐掉在我这门前，
叠作一层层金色的富丽？你忍不忍？
你再往上瞧瞧这窗棂都被闯破，
蝙蝠和夜鹰的巢窠全在梁上！
我的蟋蟀，应和着你琵琶的高歌，
住声，别再激起回音来证实荒凉！
我心里有悲哭声，正如你在浩歌，
可怜我只是在孤独中悲伤。

五

我严肃地捧起了我的心来，
像当年绮雷克拉捧着那尸灰坛，
猛然看着你，把灰撒在你身畔。
请看呀，我这心里藏着的悲哀——
偌大的一堆悲哀！你再看呀，爱，

再看火星在灰堆里奄奄地烁闪。
假如你肯踩它几脚,踩熄了火焰,
倒也罢了。可惜你不肯那般爽快,
偏要等在我身边,等一阵狂风,
把死灰又吹活……我真为你担忧,
爱呀,那头上的桂冠原不中用,
它不能给你做什么的保障。回头
死灰又烧着了,小心火焰一迸,
烧焦了头发。快走远些呀!走。

六

走远些。可是我心里觉着,从今
我永远要在你的身影里纠缠。
从今我徘徊在我的生命的门前,
再不能一人私自地驱使我的灵魂,
也不能再把这手往日光里伸,
像从前那样,觉不到你的指尖,
碰上我的掌心。劫运教万重云山
阻隔了我们,却不知道你的心,
还躲在我心里跳成双响的脉息。

酒浆总尝得出葡萄的滋味,
我的起居和梦寐里也少不了你。
我为自身祈祷着上帝的慈悲,
他听见的姓名那个却是你的,
他在我眼眶里看出俩人的眼泪。

七

我想全世界的面目已经改变,
自从我听见你那灵魂的步履
经过我的身边,悄悄地走去,
通过了我和幽冥的边塞之间。
我跌进那幽冥的绝壑,心里盘算,
定是没救了,谁知道却是过虑,……
爱把我一手捞起,还教了我一曲
生命的新歌。上帝赐我一盏辛酸,
本是给我施洗的,我情愿喝一口,
赞扬它的芬芳,因为你在我身旁。
你足迹所到,无论生前或死后,
诸天和百国的名号却要更张,
这一阕歌,一枝笛,恩情这样厚,

也只因你的名字在那里铿锵。

八

你那样的慷慨,又那样的豪华,
你把你灵府的宝藏全带了来,
尽量地给带了来,堆在我墙外,
任凭我拾起来也罢,丢掉也罢。
但是我有什么能送你呢?你说,
我冷淡?责我寡恩?——你那样慷慨,
我却没有一些酬答?你别见怪,
我并不是寡恩——天知道,你问他——
我实在是穷得很。缤纷的泪雨,
洗毁了我生命中的颜色,并且
留下的这东西,又灰白,又枯瘪,
实在不该送来给你,我不敢渎亵,
不敢送来作你的枕头。走远些,去!
这东西只配给人们踩一个瘪!

九

我应不应有什么,就送什么给你?
应不应让你坐下,靠着我的胸怀,
让我那样的咸泪洒上你的脸腮,
还让你听流年又在我唇边太息?
并且那嘴唇为了忙着歔叹,所以
听凭你怎样的给我赌誓,爱,
那奄奄垂毙的微笑总救不回来。
我只怕,爱,那样待你,是不应当的!
我们不同流亚,怎好配作情偶?
我承认,我也抱歉,我这样的施主
未免太寒伧。嗳呀!我不能够,不能够
叫我的尘土污秽了你的章服,
不能吹出毒气,炸了你那玻璃瓯,
我不给什么:我只爱你,便足了数。

十

不过只要是爱,是爱,就够你赞美,

值得你容受。你知道，爱便是火，
火总是光明的，不问是焚着楼阁，
还是荆榛；你烧着松柏，烧着芦苇，
火焰里总跳得出同样的光辉。
所以每回灵府的要求吩咐我说：
"我爱你，我爱你。"便在那顷刻，
我就会变成不坏的金身，并且会
觉得我脸上的灵光射到你脸上。
讲到爱，本说不上什么寒伧来；
最渺末的生灵献爱给上帝，你想，
上帝受了他的爱，还赐给他爱。
我心灵的光，闪过我丑陋的皮囊，
爱的意匠便改善了造物的心裁。

《冬夜》评论

一

他们喊道:"诗坛空气太沉寂了!"于是《冬夜》、《草儿》、《湖畔》、《蕙的风》、《雪朝》继踵而出;深寂的空气果然变热闹了。唉!他们终于是凑热闹啊!热闹是个最易传染的症,所以这时难得是坐在一边,虚心下气地就正于理智的权衡;纵能这样,也未见得受人欢迎,但是——

慷慨的批评家扇着诗人的火,
并且教导世界凭着理智去景仰。

所以越求创作发达,越要推重批评。尤其在今日,我很怀疑诗神所踏入的不是一条迷途,所以不忍不厉颜正色，唤它赶早回头。这条迷途便是那畸形的滥觞的民众艺术。鼓吹这个东西的不止一天了；只是到现在滥觞的效果明显实现，才露出它的马脚来了。拿它自己的失败的效果作赃证，来攻击论调的罪状，既可帮助醒豁群众的了解，又可省却些批评家的口舌。早些儿讲是枉费精力，晚些了呢，又恐怕来不及了；只有今天恰是时候。

　　我本想将当代诗坛中已出集的诸作家都加以精审地批评，但以时间的关系只能成此一章。先评《冬夜》，虽是偶然拣定，但以《冬夜》代表现时的作风，也不算冤枉它。评的是《冬夜》，实亦可三隅反。

> 撼树蚍蜉自觉狂，
> 　书生技痒爱论量。（元好问）

《冬夜》作者自己说第一辑"大都是些幼稚的作品"，"第二辑的作风似太烦碎而枯燥了，且不免有些晦涩之处"。照我看来，这两辑未见得比后两辑坏得了多少，或许还要强一点。第一辑里《春水》、《船》、《芦》，第二辑里《绍兴西郭门头的半夜》、《潮歌》同《无名的哀诗》都是《冬夜》里出色的作品。当然依作者自己的主张——所谓诗的进化的还原论者——讲起来,《打铁》、《一勺水啊》等首,要算他最得意的了;若让我就诗论诗,我总觉得第四辑里没有诗,第三辑里倒有些上等作品,如《黄鹄》、《小劫》、《孤山听雨》同《凄然》。

二

《冬夜》给我最深刻的印象是它的音节。关于这点,当代诸作家,没有能同俞君比的。这也是俞君对新诗的一个贡献。凝炼、绵密、婉细是他的音节特色。这种艺术本是从旧诗和词曲里蜕化出来的。词曲的音节当然不是自然的音节;一属人工,一属天然,二者是迥乎不同的。一切的艺术应以自然作原料,而参以人工,一以修饰自然的粗率,二以渗渍人性,使之更接近于吾人,然后易于把捉而契合之。诗——诗的音节亦不外此例。一切的用国语作的诗,都得着相当的原料了。但不是一切的语体都具有人工的修饰。别的作家间有少数修饰的产品,但那是非常的事。俞君集子里几乎没有一首音节不修饰的诗,不过有的太嫌音节过火些。(或许这"修饰"两字用得有些犯毛病。我应该说"艺术化",因为要"艺术化"才能产出艺术,一存心"修饰",恐怕没有不流于"过火"之弊的。)

　　胡适之先生自序再版《尝试集》,因为他的诗中词曲的音节进而为纯粹的"自由诗"的音节,很自鸣得意。其实这是很可笑的事。旧词曲的音节并不全是词曲自身的音节,音节之可能性寓于一种方言中,有一种方言,自有一种"天赋的"(inherent)音节。声与音的本体是文字里内含的质素;这个质素发之于诗歌的艺术,则为节奏、平仄、韵、双声、叠韵等表象。寻常的言语差不多没有表现这种潜伏的可能性的力量,厚载情感的语言才有这种力量。诗是被热烈的情感蒸发了的水汽之凝结,所以能将这种潜伏的美十足地、充分地表现出来。所谓"自然音节"最多不过是散文的音节。散文的音节当然没有诗的音节那样完美。俞君能熔铸词曲的音节于其诗中,这是一件极合艺术原则的事,也是一件极自然的事,用的是中国的文字,作的是诗,并且存心要作好诗,声调铿锵的诗,怎能不收那样的成效呢?我们若根本地不承认带词曲气味的音节为美,我们只有两条路可走:甘心作坏诗——没有音节的诗,或用别国的文字作诗。

　　但是前面讲到旧词曲的音节,并不"全"是词曲自身的音节。然则有一部分是词曲自身的音节吗？是的，有一小部分。旧词曲所用的是"死文字"。（却也不全是的，词曲文字已渐趋语体了。）如今这种"死文字"中有些语助词应该摒弃不用，有些文法也该摒弃不用。这两部分删去，于我们文字的声律（prosody）上当然有些影响；但这种影响并不能及于词曲音节的全部。所以我们不好说因为其中有些语助词同文法不当存在，词曲的音节便当完全推翻。总括一句，词曲的音节在新诗的国境里并不全体是违禁物，不过要经过一番查验拣择罢了。

现在只要看在《冬夜》里这种查验拣择的手段做到家了没有。朱序里说道："后来便就他们的腔调去短取长，重以己意熔铸一番，便成了他自己的独特音律。"我倒有些怀疑这句话呢！像这样的句子——

看云生远山，
听雨来远天。

既然孤冷，因甚疯颠？
仰头相问，你不会言！

皱面开纹,活活水流不住。

径直是生吞活剥了,哪里见得出"熔铸"的工夫来呢?《忆游杂诗》几乎都是小令词。现在信手摘几段作例——

　　白象鼻,青狮头,
　　上垂袅袅青丝萝;
　　大鱼潭底游。

　　到夕阳楼上;
　　慢步上平冈,山头满夕阳。

　　野花染出紫春罗,
　　城郭江河都在画图;
　　霎眼千山云白了,
　　如何?如何?

　　瓜州一绿如裙带,
　　山色苍苍江色黄,
　　为什么金山躲了水中央。

这些不过是几个极端的例子；还有那似熔半熔，半生不熟的篇什，不胜枚举了。《归路》、《仅有的伴侣》可以作他们的代表。至于《冬夜》的音节好的一方面，朱序里论"精炼的词句和音律"一节内，已讲得很够了。除要我订正而已经在上面订正了的一点以外，我还要标出《凄然》一首，为全集最佳的音节的举隅。不滑、不涩恰到好处，兼有自然与艺术之美的音节，再没有能超过这一首的了。

上面所讲的这一大堆话，才笼统地说明了一件事——《冬夜》与词曲的音节之关系。在词曲的音节之背地到底有些什么相互的因果的关系同影响，——这些都是我要在下面详细讨论的。

像《冬夜》里词曲音节的成分这样多，是它的优点，也便是它的劣点。优点是它音节上的赢获，劣点是他意境上的亏损。因为太拘泥于词曲的音节，便不得不承认词曲的音节之两大条件：中国式的词调及中国式的意象。中国的意象是怎样的粗率简单，或是怎样的不敷新文学的用，傅斯年君的《怎样作白话文》里已讲得很透彻了（《新潮》一卷二号）。我们知道那些，便容易了解《冬夜》该吃了多大一个亏。如今我们先论词调。傅君所说"横里伸张"，真当移作

《冬夜》里一般作品的写照。让我从《仅有的伴侣》里抽一节出来作证——

可东可西，飞的踪迹；
没晓没晚，滚的间歇；
无远无近，推的了结；
呆瞧人家忙忙碌碌。
可只瞧忙碌！
不晓"为什么？为什么？"
飞——飞他的；
滚——滚他的；
推——推他们的。
有从来，有处去，
来去有个所以。
尽飞，尽滚，尽推；
自有飞不去，滚不到，推不动的时候。
伙伴散了——分头，
他们悠悠，
我何啾啾！
况——踪迹，间歇，了结，
是他们，是我的，

怎生分别。

我不知道十九行里到底讲了些什么话。只听见"推推"、"滚滚",啰唆了半天,故求曲折,其实还是其直如矢,其平如砥。但是不把它同好的例来比照,还不容易觉得它的浅薄。

我们再看下面郭沫若君的两行字里包括了多少意思——

云衣灿烂的夕阳,
照过街坊上的屋顶来笑向着我。(《无烟煤》)

我们还要记着《冬夜》里不只《仅有的伴侣》一首有这种松浅平泛的风格,且是全集有十之六七是这样的。我们试想想看:读起来那是怎样的令人生厌啊!固然我们得承认,这种风格有时用的得当,可以变得极绵密极委婉,如本集中《无名的哀诗》便是,但是到"言之无物"时,便成魔道了。

以上是讲它的章的构造。次论句的构造。《冬夜》里的句法简单,只看他们的长度就可证明。一个主词,一个谓词,结连上几个"用言"或竟一个也没有——凑起多不过十几个字。少才两个字的也有。例如：《起来》、《别后底初夜》、《最后的洪炉》、《客》、《夜月》等等，不计其数。像《女神》这种曲折精密层出不穷的欧化的句法，哪里是《冬夜》梦想得到的啊！——

> 啊！我与其学做个泪珠的鲛人，
> 返向那沉黑的海底流泪偷生。
> 宁在这缥缈的银辉之中，
> 就好像那个坠落了的星辰，
> 曳着带幻灭的美光，
> 向着"无穷"长殒。（《密桑索罗普之夜歌》）

傅斯年君讲中国词调的粗率是"中国人思想简单的表现"。我可不知道是先有简单的思想然后表现成《冬夜》这样的粗率的词调呢？还是因为太执著于词曲的音节——一种限于粗率的词调的音节——就是有了繁密的思想也无从表现得圆满。我想末一种揣度是对些。或说两说都不对。根据作者的"诗的进化的还原论"的原则，这种限于粗率的词调的词曲的音节，或如朱自清所云"易为我们领解、采用"，所以就更近于平民的精神；因为这样，作者或许就宁肯牺牲其繁密的思想而不予以自由的表现，以玉成其作品的平民的风格吧！只是得了平民的精神，而失了诗的艺术，恐怕有些得不偿失哟！

现今诗人除了极少数的——郭沫若君同几位"豹隐"的诗人梁实秋君等——以外，都有一种极沉痼的通病，那就是弱于或竟完全缺乏幻想力，因此他们诗中很少浓丽繁密而且具体的意象。关于幻想的本身，在后面我还要另论。这里我只将他影响或受影响于词曲的音节者讲一讲。音节繁促则词句必短简，词句短简则无以载浓丽繁密而且具体的意象。——这便是在词曲的音节之势力范围里，意象之所以不能发展的根由。词句短简，便不能不只将一个意思的模样略略地勾勒一下，至于那些枝枝叶叶的装饰同雕镂，都得牺牲了。因为这样《冬夜》所呈于我们的心眼之前的图画不是些——

疏疏的星，

疏疏的树林，

疏疏外，疏疏的灯。

同——

> 几笔淡淡的老树影。

便是些——

> 在迷迷蒙蒙里。
> 离开,依依接着,
> 才来翩翩忽去。

同——

> 乱丝一球的蓬蓬松松着。

的东西。

换言之,他所遗的印象是没有廓线的,或只有廓线的,假使《冬夜》有香有色,他的:

> 香只悠悠着,
> 色只渺渺着。

试拿一本词或曲来看看，我们所得的印象，大体也同这差不多，不过那些古人的艺术比我们高些，就绘出那——

> 一春梦雨常飘瓦，
> 尽日灵风不满旗。

的仙境，

> 一个绮丽的蓬莱的世界，
> 被一层银色的梦轻轻锁着，

但是我总觉得作者若能摆脱词曲的记忆，跨在幻想的狂恣的翅膀上遨游，然后大着胆引嗓高歌，他一定能拈得更加开阔的艺术。

西诗中有一种长的复杂的 Homeric simile，在中国旧诗里找不出的；因为他们的篇幅，同音节的关系，更难梦见。这种写法是大模范的叙事诗（epic）中用以减煞叙事的单调之感效的伎俩。中国旧文学里找不出这种例子，也正是中国没有真正的叙事诗的结果。假若新诗的责任中含有取人的长处以补己的短之一义，这种地方不应该不特加注意。

三

我们若再将《冬夜》的音节分析下去，还可发现些更为《冬夜》之累的更抽象、更琐碎的特质，它们依然是跟着词曲的音节一块走的些质素。

破碎是它的一个明显的特质，零零碎碎杂杂拉拉，像裂了缝的破衣裳，又像脱了榫的烂器具，——看啊！——

　　一所村庄我们远远望到了。
　　"我很认得！
　　那小河，那些店铺，
　　我实在认得！"
　　"什么名儿呢？"
　　"我知道呢！"

　　"既叫不出如何认得？"
　　"也不妨认得，
　　认得了却依然叫不出。"

> "你不怕人家笑话你?"
> "笑什么!要笑便笑你!"
> 走着,笑着。
> 我们已到了!(七五页)

再看——

> 仔细地瞅去,再想去,
> 可瞅够了?可想够了?
> 可来了吗?……什么?
> 想想!……又什么?(一四八页)

《冬夜》里多半的作品,不独意思散漫,造句破碎,而且标点也用得过多;所以结果便越加现着像——

> 零零落落的各三两堆,
> …………
> 碎瓦片,小石头,
> 都精赤地露着。(一二六页)

标点当然是新文学的一个新工具——很宝贵的工具。

但是小孩子从来没使过刀子,忽然给了他一把,裁纸也是它,削水果也是它,雕桌面也是它,砍了指头也是它。可怜没有一种工具不被滥用的,更没有一种锐利的工具不被滥用以致招祸的!《冬夜》里用标点用得好的作品固有,但是这几处竟是小孩子拿着刀子砍指头了——

> 一切啊,……
> 牲口,车子,——走。(一四七页)

同——

> 一阵麻雀子(?)惊起了。(一〇七页)

> 你!
> 你!!……(一八一页)

同——

> "我忍不得了,
> 实在眷恋那人世的花。"

…………
　　"然则——你去吧！"（一九五页）

我总觉得一个作者若常靠标点去表示他的情感或概念，他定缺少一点力量——"笔力"。当然在上面最末的两个例里，作者用双惊叹号（!!）同删节号（……）所要表现的意义是比寻常的有些不同。在别的地方，哭就说哭，笑就说笑，痛苦激昂就说痛苦激昂；但在这里的，似乎是一种逸于感觉的疆域之外的——

　　Thoughts hardly to be packed.
　　Into a narrow act.
　　Fancies that broke thro' language and escaped.

在一个艺术幼稚的作家，遇着这种境地，当然迫于不得已就玩一点滑头，用几个符号去混过它，但是一个——

　　龙文百斛鼎，笔力可独扛

的健将,偏认这些险隘的关头为摆弄他的神技最快意的地方。因为艺术,诚如白尔(Clive Bell)所云,是"一个观念的整体的实现,一个问题的全部的解决"。艺术家喜给自己难题作,如同数学家解决数学的问题,都是同自己为难以取乐。这种嗜好起源于他幼时的一种自虐本能〔masochistic instinct,见莫德尔(Mordell)的《文学中爱的动机》〕。在诗的艺术,我们所用以解决这个问题的工具是文字,好像在绘画中是油彩和帆布,在音乐是某种乐器一般。当然,在艺术的本体同它的现象——艺术品的中间,还有很深的永难填满的一个坑谷,换言之,任何种艺术的工具最多不过能表现艺术家当时的美感三昧(aesthetic ecstasy)之一半。这样看来,工具实是有碍于全体的艺术之物;正同肉体有碍于灵魂,因为灵魂是绝对地依赖着肉体,以为表现其自身的惟一的方便。

> 无端地被着这囚笼,
> 闷损了心头的快乐,——
> 哇的一声要吐出来了,
> 终于脱不了皮肉的枷锁!

但是艺术的工具又同肉体一样,是个必需的祸孽;所以话又说回来了,若是没有它,艺术还无处寄托呢!

> Spite of this flesh today.
> I strove, made head, gained ground upon the whole.

文字之于诗也正是这样,诗人应该感谢文字,因为文字作了它的"用力的焦点",他的职务(也是他的权利)是依然用白尔的话"征服一种工具的困难",——这种工具就是文字。所以真正的诗家正如韩信囊沙背水,邓艾缒兵入蜀,偏要从险处见奇。下面是克慈(Keats)①

> Obstinate, Silence came heavily again,
> Feeling about for its old Couch of Space,
> And airy Cradle.

在这个场合,给《冬夜》的作者恐怕又是一行

---

① 今通译作济慈,下同。编者注。

"……"就完了。临阵脱逃的怯懦者哟!

另一特质是啰唆。本是个很简单的意思,要反复地尽耍半天;故作风态,反得拙笨,强求深蕴,实露浅俗。——这都由于"言之无物",所以成为貌实神虚。《哭声》第二节正是这样;但因篇幅太长,不便征引。现在引几个短的——

> 不信他,还信什么?
> 信了他,我还浮游着;
> 信他又为什么?(二八页)

> 这关着些什么?
> 且正远着呢!
> 是的,原不关些什么!(五九页)

…………

错是错了,
不解只是不解了!
不解所以错了,
不解就是错了;
这或然是啊。

我错了!

我将终于不解了!（二二三页）

还有一首《愿你》同《尝试集》里的《应该》是一个模子里铸出来的，不过徒弟比师父还要变本加厉罢了——

愿你不再爱我，
愿你学着自爱罢。
自爱方是爱我了，
自爱更胜于爱我了！

我愿去躲着你
碎了我的心，
但却不愿意你心为我碎啊！
好不宽恕的我，
你能宽恕我吗？
我可以请求你的宽恕吗？

你心里如有我，
你心里如有我心里的你；
不应把我怎样待你的心待我，

应把我愿意你怎样待我的心去待我。

作者或许以这堆"俏皮话"很能表现情人的衷曲；其实是东施效颦一样，扭腰瘪嘴地故作妩媚，只是令人作呕罢了！新诗的先锋者啊！"始作俑者，其无后乎"！

又有一个特质是重复。这也可说是从啰唆旁出的一种毛病，在《冬夜》里是再普遍没有了。篇幅只许我稍举一两个例——

虽怪可思的，也怪可爱的；
但在哪里呢？
但在哪里呢？（二二七页）

这算什么，成个什么呢！
唉！以前的，以前的幻梦，
都该抛弃，都该抛弃。（一七页）

这是句的重复，还有字的重复，更多极了。什么"来来往往"，"迷迷蒙蒙"，"慢慢慢慢的"，"远远远远地"，——这类的字样散满全集。还有这样一类的句子,——

> 看丝丝缕缕层层叠叠浪纹如织,(三页)
> 推推挤挤往往行行,越去越远。(二三页)
> 唠唠叨叨,颠颠倒倒地咕噜着。(一七八页)
> 随随便便歪歪斜斜积着,铺着,岂不更好!

(一五八页)

叠句叠字法一经滥用到这样,它的结果是单调。

关于《冬夜》的音节,我已经讲得很多了,太多了。诗的真精神其实不在音节上。音节究属外在的质素,外在的质素是具质成形的,所以有分析、比量的余地,偏是可以分析比量的东西,是最不值得分析比量的。幻想,情感——诗的其余的两个更重要的质素——最有分析比量的价值的两部分,倒不容分析比量了;因为他们是不可思议同佛法一般的。最多我们只可定夺他的成分的有无,最多许可揣测他的度量的多少;其余的便很难像前面论音节论的那样详殚了。但是可惜得很,正因他们这样的玄秘性,他们遂被一般徒具肉眼——或竟是瞎眼的诗人——诗的罪人——所忽视,他们偿了玄秘性的代价。不幸的诗神啊!他们争着替你解放,"把从前一切束缚'你的'自由的枷锁镣铐……打破";谁知在打破枷锁镣铐时,他们竟连你的灵魂也一齐打破了呢!不论有意无意,他们总是罪大恶极啊!

四

在这里我们没有工夫讨论情感同幻想为什么那样重要。天经地义的道理的本身光明正大有什么可笑的呢?不过正因为他们是天经地义,人人应该已经习知,谁若还来讲它,足见他缺乏常识,所以可笑了。我们现在要研究的是《冬夜》里这两种成分到底有多少。先讲幻象。

幻象在中国文学里素来似乎很薄弱。新文学——新诗里尤其缺乏这种质素,所以读起来总是淡而寡味,而且有时野俗得不堪。《草儿》、《冬夜》两诗集同有此病;今来查验《冬夜》。先从小的地方起,我们来看《冬夜》的用字何如。前面我已指出叠字法的例子很多;在那里从音节的一方面看来,滥用叠字便是重复,其结果便是单调的感效。在这里从幻想一方面看来,滥用叠字的罪过更大,——就是幻想自身的亏缺。魏莱（Arthur Waley）①讲中国文里形容词没有西文里用得精密；如形容天则曰"青天"，"蓝天"，"云天"，但从没有称为"凯旋"（triumphant）或"鞭于恐怖"（terror scourged）者，这种批评《冬夜》也难脱逃。他那所用的字眼——形容词状词——差不多还是旧文库里的那一套老存蓄。在这堆旧字眼里，叠字法究居大半；如"高山正苍苍，大野正茫茫"；"新鬼们呦呦地叫，故鬼们啾啾地哭"；"风来草拜声萧萧"；"华表巍巍没字碑"，等等，不计其数。这种空空疏疏模模糊糊的描写法使读者丝毫得不着一点具体的印象，当然是弱于幻想力的结果。斯宾塞同拉拔克（Lubbock）两人都讲重复的原则——即节奏——帮助造成了很"原始的"字。拉拔克并发现原始民族的文字中每一千字有三十八至一百七十字是叠音字，但欧洲的文字中每千字只有两字是的。这个统计正好证明欧洲文字的进化不复依赖重叠抽象的声音去表示他们的意象，但他们的幻想之力能使他们以具体的意象自缀成字。中国文字里叠音字也极多，这正是它的缺点。新诗应该急起担负改良的责任。

---

① 在前文《英译李太白诗》中译作韦雷。今通译作瓦雷里。

《冬夜》里用字既已如上述,幻想之空疏庸俗,大体上也可想而知了。全集除极少数外稍微有些淡薄的幻想的点缀,其余的恰好用作者自己的话表明——

> 这间看看空着,
> 那间看看还是空着,
> …………
> 怎样的空虚无聊!(一〇八页)

最有趣的一个例是《送缉斋》的第三四行——

> 行客们磨蚁般打旋,
> 等候着什么似的。(五〇页)

用打旋的磨蚁比月台上等车的熙熙攘攘的行客们,真是再妙没有了。但是底下连着一句"等候着什么似的",那"什么"到底是什么呢,就想不出了。两截互相比照可以量出作者的"笔力"之所能到,同所不能到之处了。《冬夜》里见"笔力"——富于幻想的作品也有些。写景的如《春水船》里胡适教授所赏的一段,不必再引了。《绍兴西郭门头的半夜》的头几行,径直是一截活动影片了——

> 乌篷推起,我踞在船头上。
> 三里——五里——
> 如画的女墙傍在眼前;
> 臃肿的山,那瘦怯的塔,
> 也悄悄地各自移动。(四六页)

同首末节里描写铁炉的一段也就惟妙惟肖了——

> 风炉抽动,蓬蓬地涌起一股火柱,
> 上下炫耀着四围。
> 酱赭的皮肉,蓝紫的筋和脉,
> 都在血黄色的芒角下赤裸裸地。
> 流铁红满了勺子,猛然间泻出;
> 银电的一溜,花筒也似的喷溅。
> 眩人的光呀!劳人的工呀!(四八页)

还有《在路上的恐怖》中的这一段,也写得历历如画——

> 一盏黄蜡般的油灯,
> 射那灰尘扑落的方方格子。
> 她灯前做着活计,
> 红皱皱的脸映着侧面来的火光,
> 手很应节地来往。(六三页)

有一处用笔较为轻淡,而其成效则可与《草儿》中写景最佳处抗衡——

> 落日恋着树梢,
> 羊缚在树边低着头颈吃草,
> 墩旁的人家赶那晚晴晾衣。(一〇九页)

其余的意象很好颇有征引的价值者,便是下面这些了——

> …………
> 也暂时温暖起"儿时"的滋味,
> 依稀酒样的釅,睡样的甜。(一一一页)

> 或者傻小孩子的手,

> 把和生命一起来的铁练,
> 像粉条扯得寸断了,
> 抹一抹尊者的金脸。(一一六页)

> 锄头亲遍地母嘴,
> 刀头喝饱人间血!(一九八页)

> 有人煨灶猫般地蜷着,
> 听风雨的眠歌儿,
> 催他迷迷糊糊向着一处。(六二页)

上列的四个例在《冬夜》里都算特出的佳句;但是比起冰心女士的——

> 听声声算命的锣儿,
> 敲破世人的命运。

或郭沫若君的——

> 弯弯的海岸,好像 Cupid 的弓弩呀!
> 人的生命便是箭,正在海上放射呀!

便又差远了。这两位诗人的话,不独意象奇警,而且思想隽远耐人咀嚼。《冬夜》还有些写景写物的地方,能加以主观的渲染,所以显得生动得很,此即华茨活所谓"渗透物象的生命里去了"——

  岸旁的丛草没消尽他们的绿意,
  明知道是一年最晚的容光了,
  垂垂的快蘸着小河的脸。

  树迎着风,草迎着风;
  他俩实在都老了,
  尽是皮赖着。
  不然——
  晚秋也太憔悴啊!(七二页)

但这里的意思和《风底话》里颇有些雷同——

  白云粘在天上,
  一片一团的嵌着堆着。
  小河对他,
  也板起灰色脸皮不声不响。

> 枝儿枯了，叶儿黄了
> 但他俩忘不了一年来的情意，
> 愿厮守老丑的光阴，
> 安安稳稳地挨在一起。（二二页）

集中有最好的意象的句子，现在我差不多都举了。可惜这些在全集中只算是一个很微很微的分数。

　　恐怕《冬夜》所以缺少很有幻象的作品，是因为作者对于诗——艺术的根本观念的错误。作者的《诗的进化的还原论》内包括两个最紧要之点，民众化的艺术与为善的艺术。这篇文已经梁实秋君驳过了，我不必赘述。且限于篇幅也不能赘述。我现在只要将俞君的作品的缺憾指出来，并且证明这些缺憾确是作者的谬误的主张的必然的结果。《冬夜》自序里讲道："我只愿随随便便地活活泼泼地借当代的言语去表现出自我，在人类中间的我，为爱而活着的我。至于表现的……是诗不是诗，这都和我的本意无关，我以为如要顾念到这些问题，就可根本上无意作诗，且亦无所谓诗了。"俞君把作诗看作这样容易，这样随便，难怪他作不出好诗来。鸠伯（Joubert）讲："没有一个不能驰魂褫魄的东西能成为诗的，在一方面讲，

Lyre 是样有翅膀的乐器。"麦克孙姆（Hiram Maxim）讲："作诗永远是一个创造庄严的动作。"诗本来是个抬高的东西，俞君反拼命地把它往下拉，拉到打铁的抬轿的一般程度。我并不看轻打铁抬轿的人格，但我确乎相信他们不是作好诗懂好诗的人。不独他们，便是科学家、哲学家也同他们一样。诗是诗人作的，犹之乎铁是打铁的打的，轿是抬轿的抬的。惟其俞君要用打铁抬轿的身份眼光，依他们的程度去作诗，所以就闹出这一类的把戏来了——

怕疑心我是偷儿呢；
这也说不定有的。
但他们也太装幌子了！
老实说一句：
在您贵庙里
我透熟的了，
可偷的有什么？
神像，房子，那地皮！（一○七页）

列车斗的寂然，
到哪一站了？

>我起来看看。
>路灯上写着"泊头",
>我知道,到的是泊头。
>
>过了多少站,
>泊头的经过又非一次,
>我怎么独关心今天的泊头呢?(二三四页)
>
>"八毛钱一筐!"
>卖梨者的呼声。
>我渴极了,
>却没有这八毛钱。
>
>梨始终在筐子里,
>现在也许还在筐子里,
>但久已不关我了,
>这是我这次过泊头,最遗恨的一件事。(二三五页)

照这样看来,难怪作者讲:"我严正声明我作的不是诗。"新诗假若还受人攻击,受人贱视,定归这类的作品负责。《冬夜》里还有些零碎的句子,径直是村夫市侩的口吻,实在令人不堪——

> 路边,小山似的起来,
> 是山吗?哑!
> 瓦砾堆满了的"高墩墩"。(一二六页)

> 枯骨头,华表巍巍没字碑,
> 招什么?招个——哑!(二〇一页)

> 去远了——
> 哈!回来罢!(一五五页)

> 来时拉纤,去时溜烟;(一〇九页)

同

> 就难免"蹩脚"样的拖泥带水。(一〇一页)

戴叔伦讲:"诗人之词如蓝田日暖,良玉生烟。"作诗该当怎样雍容冲雅,"温柔敦厚"!我真不知道俞君怎么相信这种叫嚣粗俗之气便可入诗！难道这就是所谓"民众化"者吗？

五

《冬夜》里情感的质素也不是十分丰富。热度是有的，但还没到史狄芬生所谓"白热"者。集中最特出的一种情感是"人的热情"——对于人类的深挚的同情。《游皋亭山杂诗》第四首有一节很足以表现作者的胸怀——

　　在这相对微笑的一瞬，
　　早拴上一根割不断的带子。
　　一切含蓄着的意思，
　　如电地透过了，
　　如水地融和了。
　　不再说我是谁，
　　不再问谁是你，
　　只深深觉着有一种不可言，不可说的人间之感！（七七页）

集中表现最浓厚的"人间之感"的作品,当然是《无名的哀诗》——

> 酒糟的鼻子,酒糟的脸,
> 抬着你同样的人,喘吁吁地走;

只这"同样"两个字里含着多少的嫉愤,多少的悲哀!其次如《鹞鹰吹醒了的》也自缠绵悱恻,感人至深。这首诗很有些像易卜生的《傀儡之家》:

> ....
> 哭够了,撇了跑。
> 不回头么,回头只说一句话:
> "几时若找着了人间的爱,
> 我张开手搂你们俩啊!"(一四五页)

比比这个——

> 郝尔茂　但是我却相信他。告诉我?我们须变到怎样?——
> 挪拉　须变到那步田地,使我们同居的生活

可以算得真正的夫妻。再见吧！

《哭声》比较前两首似乎差些。他着力处固是前两首所没有的——

> 说是白哟！
> 埋在灰烬下的又焦又黑。
> 让红眼睛的野狗来收拾，
> 刮刮地，衔了去，慢慢啃着吃，
> 咂着嘴舐那附骨的血，
> 衔不完的扔在瓦砾。（一三二页）

但总觉得有些过火，令人不敢复读。韩愈的《元和圣德诗》里写刘辟受刑的一段至因这样受苏辙的批评。我想苏辙的批评极是，因为"丑"在艺术上固有相当的地位，但艺术的神技应能使"'恐怖'穿上'美'的一切的精致，同时又不失其要质"。（Horror puts on all the deintiness of beauty, losing none of its essence.）

如同薛雷的——

Foodless Toads

> Within voluptuous chambers panting crawled.

首节描写"高墩墩"上"披离着几十百根不青不黄的草",将他比着"秃头上几簇稀稀刺刺的黄毛"也很妙。比比卜朗宁手技看——

> Well now, look at our villa! stuck like
> The horn of a bull
> Just on a mountaon edge as bare
> Aa the creature's skull
> Save a mere shag of a bush
> With hardly a leave to pull!

倒是下面这几行写得极佳,可谓"哀而不伤"——

> 高墩墩被裹在"笑"的人间里,
> 一年的春风,一年的春草,
> 长了,又绿了一片片!
> 辨不出血沁过的根苗枝叶。(一三三页)

这首诗还有一个弱点,——其实是《冬夜》全集的弱点——那就是拉得太长了。拉长了，纵有极热的情感，也要冷下去了，更怕在读者方面起了反响，渐生厌恶呢！这首诗里第二节从"颠狂似的……"以至"这诚然……"凡二十二行，实在可以完全删去。况且所拉长的地方都是些带哲学气味的教训，如最末的三行——

> 我们原不解超人间的"所以然"；
> 真感到的，
> 无非人间世的那些"不得不"！（一三六页）

像这种东西也是最容易减杀情感的。克慈讲：

> All charms fly,
> At the mere touch of philosophy.

近来新诗里寄怀赠别一类的作品太多。这确是旧文学遗传下来的恶习。文学本出于至性至情，也必要这样才好得来。寄怀赠别本也是出于朋友间离群索居的情感，但这类的作品在中国唐宋以后的文学界已经成了一种应酬的工具。甚至有时标题是首寄怀的诗，内容实在是一封家常细故的信。《东坡集》中最多这类作品。作诗到了这步田地，真是不可救药了。新文学界早就有了这种觉悟，但实际上讲来，我们中惯习的毒太深，这种毛病，犯得还是不少。我不知道《冬夜》的作者作他那几首送行的诗——《送金甫到纽约》、《和你撒手》和《送缉斋》——是有真挚的离恨没有？倘若有了，这几首诗，确是没有表现出来。《屡梦孟真作此寄之》是有情感的根据，但因拉得太长，所以也不能动人。韦雷在他的《百七十首中国诗序》里比较中国诗同西洋诗中的情感，讲得很有意思。他说西洋诗人是个恋人，中国诗人是个朋友："他（中国诗人）只从朋友间找同情与智识的侣伴。"他同他的妻子的关系是物质的。我们历观古来诗人如苏武同李陵，李白同杜甫，白居易同元稹，皮日休同陆龟蒙等等的作品，实有这种情形。大概古人朋友的关系既是这样，我们当然允许他们什么寄怀赠别一类的作品，无妨多作，也自然会多作。他们已有那样的情感，又遇着那些生离死别的事，当然所发泄出的话没有不真挚的，没有不是好诗的。我很不相信杜甫的《梦李白》里这样的话：

水深波浪阔，无使蛟龙得！

是寻常的交情所能产出的。但是在现在我们这渐趋欧化的社会里，男女关系发达了，朋友间情感不会不减少的，所以我差不多要附和奈尔孙（William Allen Nelson）的意见，将朋友间的情感编入情操（sentiment）——第二等的情感——的范畴中。若照这样讲，朋友间的情感，以后在新诗中的地位，恐怕要降等了。《屡梦孟真作此寄之》中间的故事虽似同杜甫三夜频梦李白相仿佛，但这首诗同《梦李白》径直没有比例了。这虽因俞君的艺术不及杜甫，但根本上我恐怕两首诗所从发源的情感也大不相同吧！近来已出版的几部诗集里，这种作品似乎都不少（《草儿》里最多），而且除了康白情君的《送客黄浦》同郭沫若君的《新阳关三叠》之外，差不多都非好诗。所以我讲到这地方来，就不知不觉地说了这些闲话。

《冬夜》里其余的作品有咏花草的，如菊、芦、《腊梅和山茶》；有咏动物的，如《小伴》、《黄鹄》、《安静的绵羊》；有咏自然的，如《风底话》、《潮歌》、《风尘》、《北京底又一个早春》等；有纪游的，如《冬夜之公园》、《绍兴西郭门头的半夜》、《如醉梦的踯躅》、《孤山听雨》、《游皋亭山杂诗》、《忆游杂诗》、《北归杂诗》；还有些不易分类的杂品。这些作品中有的带点很淡的情绪，有的比较浓一点；但都可包括在下面这几种类里——讽刺、教训、哲理、玄想、博爱、感旧、怀古、思乡，还有一种可以叫做闲愁。这些情感加上前面所论的赠别寄怀，都是第二等的情感或情操。奈尔孙讲："情操"二字，"是用于较和柔的情感，同思想相连属的，由观念而发生的情感之上，以与热情比较为直接地倚赖于感觉的情感相对待"。又说"像友谊，爱家，爱国，爱人格，对于低等动物的仁慈的态度一类的情感，同别的寻常称为'人本的'（humanitarian）之情感……这些都属于情操"。我们方才编汇《冬夜》的作品所分各种类，实不外奈尔孙所述的这几件。而且我尤信作者的人本主义是一种经过了理智的程序的结果，因为人本主义是新思潮的一部分，而新思潮当然是理智的觉悟。既然人本主义这样充满《冬夜》，我们便可以判定《冬夜》里大部分的情感，是用理智的方法强迫的，所以是第二流的情感。

我们不妨再把《冬夜》分析分析，看它有多大一部分是映射着新思潮的势力的《无名的哀诗》、《打铁》、《绍兴西郭门头的半夜》、《在路上的恐怖》是颂劳工的;《他们又来了》、《哭声》是刺军阀的,《打铁》也可归这类;《可笑》是讽社会的;《草里的石碑和赑屃》和《所见》是嫉政府的压制的;《破晓》、《最后的洪炉》、《歧路之前》是鼓励奋斗的;《小伴》是催促觉悟的;《挽歌》、《游皋亭山杂诗》中一部分是提倡人道主义的;至于《不知足的我们》更是新文化运动里边一幕的实录。大概统计这类的作品,要占全集四分之一,其余还有些间接地带着新思潮的影响,不在此内。所以这样看来,《冬夜》在艺术界假若不算一个成功,至少也是一个时代的镜子,历史上的价值是不可磨灭的。

严格地讲来,只有男女间恋爱的情感,是最烈的情感,所以是最高最真的情感。《冬夜》里关于这种情感的作品也有,如《别后底初夜》、《愿你》即是。《愿你》前面已讲过了,现在研究研究《别后底初夜》——

> 我迷离在梦儿间
> 你长伴我在梦儿边。

虽初冬的夜长,

太快了,来朝的天亮!

他将消失我清宵的梦乡。

天匆匆地亮了,

你匆匆地远了,

方才真远了!

盼你来罢!

盼夜来罢!(二一三页)

将上面这一段试比梁实秋君的《梦后》,何如?——

"吾爱啊!

你怎又推荐那孤零的枕儿,

伴着我眠,偎着我的脸?"

醒后的悲哀啊!

梦里的甜蜜啊!

我怨雀儿

雀儿还在檐下蜷伏着呢!
他不能唤我醒——
他怎肯抛弃了他的甜梦呢?

"吾爱啊!
对这得而复失的馈礼
我将怎样地怨艾呢?
对这缥缈浓甜的记忆,
我将怎样地咀嚼哟!"

孤零的枕儿啊!
想着梦里的她,
舍不得不偎着你;
她的脸儿是我的花,
我把泪来浇你!

只这一相形之下,美丑高低,便了如指掌了,别的话何必多说?但是有一个地方我很怀疑,不知到底讲好还是不讲好。还是讲了吧!看下面这几行——

被窝暖暖地,

> 人儿远远地,
>
> 我怎不想起人儿远呢!（二一二页）

我的朋友们读过这首诗的,看到这几行没有不噗嗤笑了的。我想古来诗人、恋者触物怀人,有因帐以起兴的,如曹武的"白玉帐寒鸳梦绝";有因簟以起兴的,如李商隐的"欲拂尘时簟竟床";也有因枕以起兴的,如李白的"为君留下相思枕",就如前面梁君也讲到"枕儿",大概这些品物都可以入诗,独有讲到"被窝",总嫌有点欠雅。旧诗中这种例也有,如"愿言捧绣被,长就越人宿","珠被玳瑁床,感郎情意深"。"横波美目虽复来,罗被遥遥不相及"等等,正复不少。但终觉秽亵不堪设想。旧诗有词藻的遮饰同音节的调度,已能减少原意的真实性,但尚且这样地不堪,何况是用当代语言作的新诗,更是俞君这样写实的新诗呢!

总之,《冬夜》里所含的情感的质素,十之八九是第二流的情感。一两首有热情的根据的作品,又因幻象缺乏,不能超越真实性,以致流为劣等的作品;所以若是诗的价值是以其情感的质素定的,那么《冬夜》的价值也就可想而知了。我再引奈尔孙的话来作证:"从表现他们'情操'最明显的诗看来,这些质素当然不算微琐,并且也许是最紧要的特质,但是从诗的大体上看来,他们可要算微琐的了,因为伟大的作品可以舍他们而存在。"

我们现在也不妨根据奈尔孙这句话前半的条件,来将《冬夜》里富于情操的作品,每首单独地讲讲。我恐怕在前面将《冬夜》抑之过甚;现在这样做,定能订正前面"一笔抹煞"的毛病。就一诗论一诗,《凄然》确乎是首完美的作品。作者序里讲:"岂非情缘境生,而境随情感耶?"惟其有境有情,所以就有好诗,正不必因"文人结习"而病之。

> 明艳的凤仙花,
> 喜欢开到荒凉的野寺;
> 那带路的姑娘,
> 又想染红她的指甲,
> 向花丛去掐了一握。
> 他俩只随随便便的,
> 似乎就此可以过去了;
> 但这如何能,在不可聊赖的情怀?(一七四页)

这种神妙的"兴趣"是"不以言诠"的！除《凄然》外，还有几首诗放在《冬夜》里太不像了；这便是《黄鹄》、《小劫》同《归路》。这几首诗都有一种超自然的趣味，同集中最足代表作者的性格的作品如《打铁》、《一勺水啊》等正相反——太相反了！简直是两个极端：一个在云外，一个在泥中。当然它们是从骚赋里脱胎出来的，但这种熔铸旧料的方法是没有害处的，假若俞君所主张的平民的风格，可以比拟华茨活的态度，这几首诗当可比之科立玑①的态度了。（见 *Lyrical Ballads* 序中。）《黄鹄》似乎暗示于科立玑的《古舟子咏》中之神鸟，《归路》则暗示《忽必烈汗》（亦得之于梦中）。华茨活与科立玑只各尽一端以致胜，而俞君乃兼而有之；这又是我不能懂的一件怪事了。一面讲着那样鄙俗的话语，一面又唱出这样高超的调子来，难道作者有两个自我吗？啊！如何这样的矛盾啊！啊！叫我赞颂呢？还是叫我诅骂呢？诗人啊！明知道"看下方"会"撕碎吾身荷芰的芳香"，"为什么'还'要低头"呢？

　　凤凰翔于千仞兮，览德辉而下之！

------

① 今通译作柯勒律治。后文中柯立基同此。编者注。

六

　　总括地讲几句作个收束。大体上看来,《冬夜》的长处在它的音节,它的许多弱点也可以推源而集中于它的音节。它的情感也不挚,因为太多教训理论。——一言以蔽之,太忘不掉这人间世。但追究其根本错误,还是那"诗的进化的还原论"。俞君不是没有天才,也不是没有学力,虽于西洋文学似少精深的研究。但是他那谬误的主义一天不改掉,虽有天才学力,他的成功还是疑问。培根讲,"诗中有一点神圣的东西,因它以物之外象去将就灵之欲望,不是同理智和历史一样,屈灵于外物之下,这样,它便能抬高思想而使之以入神圣。"所以俞君!不作诗则已,要作诗绝不能还死死地贴在平凡琐俗的境域里!

《女神》之时代精神

若讲新诗，郭沫若君的诗才配称新呢，不独艺术上他的作品与旧诗词相去最远，最要紧的是他的精神完全是时代的精神——二十世纪的时代的精神。有人讲文艺作品是时代的产儿。《女神》真不愧为时代的一个肖子。

（一）二十世纪是个动的世纪。这种精神映射于《女神》中最为明显。《笔立山头展望》最是一个好例——

> 大都会的脉搏呀！
> 生的鼓动呀！
> 打着在，吹着在，叫着在，……
> 喷着在，飞着在，跳着在，……
> 四面的天郊烟幕蒙笼了！

> 我的心脏呀，快要跳出口来了！
> 哦哦，山岳的波涛，瓦屋的波涛，
> 涌着在，涌着在，涌着在，涌着在呀！
> 万籁共鸣的 symphony，
> 自然与人生的婚礼呀！
> …………

恐怕没有别的东西比火车的飞跑同轮船的鼓进（阅《新生》与《笔立山头展望》）再能叫出郭君心里那种压不平的活动之欲罢？再看这一段供招——

> 今天天气甚好，火车在青翠的田畴中急行，好像个勇猛沉毅的少年向着希望弥满的前途努力奋迈的一般。飞！飞！一切青翠的生命，灿烂的光波在我们眼前飞舞。飞！飞！飞！我的自己融化在这个磅礴雄浑的 rhythm 中去了！我同火车全体，大自然全体，完全合而为一了！我凭着车窗望着旋回飞舞着的自然，听着车轮鞺鞳的进行调，痛快！痛快！……（《与宗白华书》，《三叶集》一三八页）

这种动的本能是近代文明一切的事业之母,是近代文明之细胞核。郭沫若的这种特质使他根本上异于我国往古之诗人。比之陶潜之——

> 结庐在人境,而无车马喧;

一则极端之动,一则极端之静,静到——

> 心远地自偏,

隐遁遂成一个赘疣的手续了,——于是白居易可以高唱着——

> 大隐隐朝市,

苏轼也可以笑那——

> 北山猿鹤漫移文。

(二) 二十世纪是个反抗的世纪。"自由"的伸张给了我们一个对待权威的利器,因此革命流血成了现代文明的一个特色了。《女神》中这种精神更了如指掌。只看《匪徒颂》里的一些——

> 一切……革命的匪徒们呀！
> 万岁！万岁！万岁！

那是何等激越的精神，直要骇得金脸的尊者在宝座上发抖了哦。《胜利的死》真是血与泪的结晶；拜伦、康沫尔的灵火又在我们的诗人的胸中烧着了！

> 你暗淡无光的月轮哟！我希望我们这阴莽莽的地球，在这一刹那间，早早同你一样冰化！

啊！这又是何等的嫉愤！何等的悲哀！何等的沉痛！——

> 汪洋的大海正在唱着它悲壮的哀歌，
> 穹隆无际的青天已经哭红了它的脸面，
> 远远的西方，太阳沉没了！——
> 悲壮的死哟！金光灿烂的死哟！凯旋同等的死哟！胜利的死哟！

兼爱无私的死神！我感谢你哟！你把我敬爱无暨的马克斯威尼早早救了！

自由的战士，马克斯威尼，你表示出我们人类意志的权威如此伟大！

我感谢你呀！赞美你呀！"自由"从此不死了！

夜幕闭了后的月轮哟！何等光明呀！……

（三）《女神》的诗人本是一位医学专家。《女神》里富有科学的成分也是无足怪的。况且真艺术与真科学本是携手进行的呢。然而这里又可以见出《女神》里的近代精神了。略微举几个例——

你去，去寻那与我的振动数相同的人；
你去！去寻那与我的燃烧点相等的人。（《序诗》）

否，否。不然！是地球在自转，公转，（《金字塔》）

我是 X 光线的光，

>我是全宇宙的 energy 的总量！(《天狗》)

>我想我的前身
>原本是有用的栋梁。
>我活埋在地底多年，
>到今朝才得重见天光。(《炉中煤》)

>你暗淡无光的月轮哟！……早早同你一样冰化！(《胜利的死》)

至于这些句子像——

>我要把我的声带唱破！(《梅花树下醉歌》)

>我的一枝枝的神经纤维在身中战栗。(《夜步十里松原》)

还有散见于集中的许多人体上的名词如脑筋、脊髓、血液、呼吸，……更完完全全是一个西洋的 doctor 的口吻了。上举各例还不过诗中所运用之科学知识，见于形式上的。至于那讴歌机械的地方更当发源于一种内在的科学精神。在我们的诗人的眼里,轮船的烟筒开着黑色的牡丹,是"近代文明的严母",太阳是亚波罗坐的摩托车前的明灯;诗人的心同太阳是"一座公司的电灯";云日更迭的掩映是同探海灯转着一样;火车的飞跑同于"勇猛沉毅的少年"之努力。在他眼里机械已不是一些无声的物具,是有意识有生机,如同人神一样。机械的丑恶性已被忽略了;在幻象同感情的魔术之下它已穿上美丽的衣裳了呢。

这种伎俩恐怕非一个以科学家兼诗人者不办。因为先要解透了科学,亲近了科学,跟它有了同情,然后才能驯服它于艺术的指挥之下。

(四)科学的发达使交通的器械将全世界人类的相互关系捆得更紧了。因而有史以来世界之大同的色彩,没有像今日这样鲜明的。郭沫若的《晨安》便是这种 cosmopolitanism 的证据了。《匪徒颂》也有同样的原质,但不是那样明显。即如《女神》全集中所用的方言也就有四种了。他所称引的民族,有黄人,有白人,还有"有火一样的心肠"的黑奴。他所运用的地名散满于亚、美、欧、非四大洲。这在西洋文学里不算什么,但同我们的新文学比起来,才见得是个稀少的原质,同我们的旧文学比起来更不用讲是破天荒了。啊！诗人不肯限于国界，却要做世界的一员了；他遂喊道——

  晨安！梳人灵魂的晨风呀！
  晨风呀！你请把我的声音传到四方去罢！
（《晨安》）

  （五）物质文明的结果便是绝望与消极。然而人类的灵魂究竟没有死，在这绝望与消极之中又时时忘不了一种挣扎抖擞的动作。二十世纪是个悲哀与兴奋的世纪。二十世纪是黑暗的世界，但这黑暗是先导黎明的黑暗。二十世纪是死的世界，但这死是预言更生的死。这样便是二十世纪，尤其是二十世纪的中国。

  流不尽的眼泪，
  洗不净的污浊，
  浇不熄的情炎，
  荡不去的羞辱。（《凤凰涅槃》）

  不是这位诗人独有的，乃是有生之伦，尤其是青年们所同有的。但别处的青年虽一样地富有眼泪、污浊、情炎、羞辱,恐怕他们自己觉得并不十分真切。只有现在的中国青年——"五四"后之中国青年,他们的烦恼悲哀真像火一样烧着,潮一样涌着,他们觉得这"冷酷如铁","黑暗如漆","腥秽如血"的宇宙真一秒钟也羁留不得了。他们厌恶这世界,也厌恶他们自己。于是急躁者归于自杀,忍耐者力图革新。革新者又觉得意志总敌不住冲动,则抖擞起来,又跌倒下去了。但是他们太溺爱生活了,爱它的甜处,也爱它的辣处。他们绝不肯脱逃,也不肯降服。他们的心里只塞满了叫不出的苦,喊不尽的哀。他们的心快塞破了,忽地一个人用海涛的音调,雷霆的声响替他们全盘唱出来了。这个人便是郭沫若,他所唱的就是《女神》。难怪个个中国青年读《女神》没有不捶胸顿足,同《湘累》里的屈原同声叫道——

哦,好悲切的歌词!唱得我也流起泪来了。

流罢!流罢!我生命的泉水呀!你一流了出来,

好像把我全身的烈火都浇息了的一样。

……你这不可思议的、内在的灵泉,你又把我苏活转来了!

啊！现代的青年是血与泪的青年，忏悔与奋兴的青年。《女神》是血与泪的诗，忏悔与奋兴的诗。田汉君给《女神》之作者的信讲得对："与其说你有诗才，毋宁说你有诗魂。因为你的诗首首都是你的血，你的泪，你的自叙传，你的忏悔录啊！"但是丹穴山上的香木不只焚毁了诗人的旧形体，并连现时一切的青年的形骸都毁掉了。凤凰的涅槃是一切青年的涅槃。凤凰不是唱道——

> 我们更生了！
> 我们更生了！
> 一切的一，更生了！
> 一的一切，更生了！
> 我们便是"他"，他们便是我！
> 我中也有你，你中也有我！
> 我便是你，
> 你便是我！

奇怪得很，北社编的《新诗年选》偏取了《死的引诱》作《女神》的代表之一。他们非但不懂读诗，并且不会观人。《女神》的作者岂是那样软弱的消极者吗？

> 你去！去在我可爱的青年的兄弟姊妹胸中；
> 把他们的心弦拨动，
> 把他们的智光点燃罢！(《序诗》)

假若《女神》里尽是《死的引诱》一类的东西，恐怕兄弟姊妹的心弦都被它割断，智光都被它扑灭了呢！

原来蹈恶犯罪是人之常情。人不怕有罪恶，只怕有罪恶而甘于罪恶，那便终古沉沦于死亡之渊里了。人类的价值在能忏悔，能革新。世界的文化也不过是由这一点发生的。忏悔是美德中最美的，它是一切的光明的源头，他是尺蠖的灵魂渴求展伸的表象。

> 唉！泥上的脚印！
> 你好像是我灵魂儿的象征！
> 你自陷了泥涂，
> 你自会受人踩躏。
> 唉，我的灵魂！
> 你快登上山顶！(《登临》)

所以在这里我们的诗人不独喊出人人心中的热情来，而且喊出人人心中最神圣的一种热情呢！

原载《创造周报》第四号，一九二三年六月三日

《女神》之地方色彩

现在的一般新诗人——新是作时髦解的新——似乎有一种欧化的狂癖,他们创造中国新诗的鹄的,原来就是要把新诗作成完全的西文诗。(有位作者曾在《诗》里讲道,他所谓后期的作品"已与以前不同而和西洋诗相似",他认为这是新诗的一步进程,……是件可喜的事。)《女神》不独形式十分欧化,而且精神也十分欧化。《女神》当然在一般人的眼光里要算新诗进化期中已臻成熟的作品了。

但是我从头到今,对于新诗的意义似乎有些不同。我总以为新诗径直是"新"的,不但新于中国固有的诗,而且新于西方固有的诗;换言之,它不要作纯粹的本地诗,但还要保存本地的色彩;它不要做纯粹的外洋诗,但又尽量地吸收外洋诗的长处;他要做中西艺术结婚后产生的宁馨儿。我以为诗同一切的艺术应是时代的经线，同地方纬线所编织成的一匹锦；因为艺术不管它是生活的批评也好，是生命的表现也好，总是从生命产生出来的，而生命又不过是时间与空间两个东西的势力所遗下的脚印罢了。在寻常的方言中有"时代精神"同"地方色彩"两个名词，艺术家又常讲自创力（originality），各作家有各作家的时代与地方，各团体有各团体的时代与地方，各不相同；这样自创力自然有发生的可能了。我们的新诗人若时时不忘我们的"今时"同我们的"此地"，我们自会有了自创力，我们的作品自既不同于今日以前的旧艺术，又不同于中国以外的洋艺术。这个然后才是我们翘望默祷的新艺术！

我们的旧诗大体上看来太没有时代精神的变化了，从唐朝起，我们的诗发育到成年时期了，以后便似乎不大肯长了，直到这回革命以前，诗的形式同精神还差不多是当初那个老模样。（词曲同诗相去实不甚远，现行的新诗却大不同了。）不独艺术为然，我们文化的全体也是这样，好像吃了长生不老的金丹似的。新思潮的波动便是我们需求时代精神的觉悟。于是一变而矫枉过正，到了如今，一味地时髦是鹜，似乎又把"此地"两字忘得踪影不见了。现在的新诗中有的是"德谟克拉西",有的是泰果尔、亚坡罗,有的是"心弦"、"洗礼"等洋名词。但是,我们的中国在哪里?我们四千年的华胄在哪里?哪里是我们的大江、黄河、昆仑、泰山、洞庭、西子?又哪里是我们的三百篇、楚骚、李、杜、苏、陆?《女神》关于这一点还不算罪大恶极,但多半的时候在他的抒情的诸作里并不强似别人。《女神》中所用的典故,西方的比中国的多多了,例如 Apollo, Venus, Cupid, Bacchus, Prometheus, Hygeia,…… 是属于神话的;其余属于历史的更不胜枚举了。《女神》中的西洋的事物名词处处都是,数都不知从哪里数起。《凤凰涅槃》的凤凰是天国的"菲尼克斯",并非中华的凤凰。诗人观画观的是 Millet 的 Shepherdess,赞像赞的是 Beethoven 的像。他所羡慕的工人是炭坑里的工人,不是人力车夫。他听鸡声,不想着笛簧的律吕而想着 orchestra 的音乐。地球的自转公转,在他看来,"就好像一个跳着舞的女郎",太阳又"同那月桂冠儿一样"。他的心思分驰时,他又"好像个受着磔刑的耶稣"。他又说他的胸中像个黑奴。当然,《女神》产生的时候,作者是在一个盲从欧化的日本,他的环境当然差不多是西洋环境,而且他读的书又是西洋的书;

无怪他所见闻，所想念的都是西洋的东西。但我还以为这是一个非常的例子，差不多是个畸形的情况。若我在郭君的地位，我定要用一种非常的态度去应付，节制这种非常的情况。那便是我要时时刻刻想着我是个中国人，我要做新诗，但是中国的新诗，我并不要做个西洋人说中国话，也不要人们误会我的作品是翻译的西文诗；那么我著作时，庶不致这样随便了。郭君是个不相信"做"诗的人，我也不相信没有得着诗的灵感者就可以从揉炼字句中作出好诗来。但郭君这种过于欧化的毛病也许就是太不"做"诗的结果。选择是创造艺术的程序中最紧要的一层手续，自然的不都是美的；美不是现成的。其实没有选择便没有艺术，因为那样便无以鉴别美丑了。

《女神》还有一个最明显的缺憾，那便是诗中夹用可以不用的西洋文字了。《雪朝》、《演奏会上》两首诗径直是中英合璧了，我们以为很多的英文字实没有用原文的必要。如 pantheism, rhythm, energy, disillusion, orchestra, pioneer 都不是完全不能翻译的，并且有的在本集中他处已经用过译文的。实在很多次数，他用原文，并非因为意义不能翻译的关系，乃因音节关系，例如——

> 我是全宇宙的 energy 的总量。

像这种地方的的确确是兴会到了，信口而出，到了那地方似乎为音节的圆满起见，一个单音是不够的，于是就以"恩勒结"（energy）三个音代"力"的一个音。无论作者有意地欧化诗体，或无意地失于检点，这总是有点讲不大过去的。这虽是小地方，但一个成熟的艺术家，自有余裕的精力顾到这里，以谋其作品之完美。所以我的批评也许不算过分吧？

我前面提到《女神》之薄于地方色彩的原因是在其作者所居的环境。但环境从来没有对于艺术产品之性质负过完全责任，因为单是环境不能产生艺术。所以我想日本的环境固应对《女神》的内容负一份责任，但此外定还有别的关系。这个关系我疑心或者就是《女神》之作者对于中国文化之隔膜。我们前篇已经看到《女神》怎样富于近代精神。近代精神——即西方文化——不幸得很，是同我国的文化根本背道而驰的，所以一个人醉心于前者定不能对于后者有十分的同情与了解。《女神》的作者，这样看来，定不是对于我国文化真能了解、深表同情者。我们看他回到上海，他只看见——

> 游闲的尸，淫嚚的肉，长的男袍，短的女袖，满目都是骷髅，满街都是灵柩，乱闯，乱走。

其实他哪知道"满目骷髅"、"满街灵柩"的上海，实在就是西方文化遗下的罪孽？受了西方的毒的上海，其实又何异于受了西方的毒的东京、横滨、长崎、神户呢？不过这些日本都市受毒受得更彻底一点罢了。但是这一段闲话是节外生枝，我的本意是要指出《女神》的作者对于中国，只看见它的坏处，看不见它的好处。他并不是不爱中国，而他确实不爱中国的文化。我个人同《女神》的作者的态度不同之处是：我爱中国固因它是我的祖国，而尤因它是有它那种可敬爱的文化的国家；《女神》之作者爱中国，只因它是他的祖国，因为是他的祖国，便有那种不能引他敬爱的文化，他还是爱它。爱祖国是情绪的事，爱文化是理智的事。一般所提倡的爱国专有情绪的爱就够了；所以没有理智的爱并不足以诟病一个爱国之士。但是我们现在讨论的是另一个问题，是理智上爱国之文化的问题。（或精辨之，这种不当称爱慕而当称鉴赏。）

爱国的情绪见于《女神》中的次数极多，比别人的集中都多些。《棠棣之花》、《炉中煤》、《晨安》、《浴海》、《黄浦江口》都可以作证。但是他鉴赏中国文化的地方少极了，而且不彻底，在《巨炮之教训》里他借托尔斯泰的口气说道——

我爱你是中国人。我爱你们中国的墨与老。

在《西湖纪游》里他又称赞——

那几个肃静的西人一心在校勘原稿。

但是既真爱老子为什么又要作"飞奔"、"狂叫"、"燃烧"的天狗呢？为什么又要吼着——

啊啊！不断地毁坏，不断地创造，不断地努力哟！（《立在地球边上放号》）
我崇拜创造的精神，崇拜力，崇拜血，崇拜心脏；我崇拜炸弹，崇拜悲哀，崇拜破坏；（《我是个偶像崇拜者》）
我要看你"自我"地爆裂开出血红的花来

> 哟！（《新阳关三叠》）

我不知道他到底是个什么主张。但我只觉得他喊着创造、破坏、反抗、奋斗的声音，比——

> 倡道慈俭，不敢先底三宝

的声音大多了，所以我就决定他的精神还是西方的精神。再者他所歌讴的东方人物如屈原、聂政、聂嫈，都带几分西方人的色彩。他爱庄子是为他的泛神论，而非为他的全套的出世哲学。他所爱的老子恐怕只是托尔斯泰所爱的老子。墨子的学说本来很富于西方的成分，难怪他也不反对。

《女神》的作者既这样富于西方的激动精神，他对于东方的恬静美当然不大能领略，《密桑索罗普之夜歌》是个特别而且奇怪的例外。《西湖纪游》不过是自然美之鉴赏。这种鉴赏同鉴赏太宰府、十里松原的自然美，没有什么分别。

有人提倡什么世界文学。那么不顾地方色彩的文学就当有了托辞了吗？但这件事能不能是个问题，宜不宜又是个问题。将世界各民族的文学都归成一样的，恐怕文学要失去好多的美。一样颜色画不成一幅完全的画，因为色彩是绘画的一样要素。将各种文学并成一种，便等于将各种颜色合成一种黑色，画出一张 sketch 来。我不知道一幅彩画同一幅单色的 sketch 比，哪样美观些。西谚曰"变化是生活的香料"。真要建设一个好的世界文学，只有各国文学充分发展其地方色彩，同时又贯以一种共同的时代精神，然后并而观之，各种色料虽互相差异，却又互相调和，这便正符那条艺术的金科玉臬"变异中之一律"了。

以上我所批评《女神》之处，非特《女神》为然，当今诗坛之名将莫不皆然，只是程度各有深浅罢了。若求纠正这种毛病，我以为一桩，当恢复我们对于旧文学的信仰，因为我们不能开天辟地（事实与理论上是万不可能的），我们只能够并且应当在旧的基础上建设新的房屋。二桩，我们更应了解我们东方的文化。东方的文化是绝对的美的，是韵雅的。东方的文化而且又是人类所有的最彻底的文化。哦！我们不要被叫嚣犷野的西人吓倒了！

东方的魂哟！
雍容温厚的东方的魂哟！

不在檀香炉上袅袅的轻烟里了,

虔祷的人们还膜拜些什么?

东方的魂哟!

通灵洁彻的东方的魂哟!

不在幽篁的疏影里了,

虔祷的人们还供奉着些什么?(梁实秋)

原载《创造周报》第五号

《烙印》序

克家催我给他的诗集作序，整催了一年。他是有理由的。便拿《生活》一诗讲，据许多朋友说，并不算克家的好诗，但我却始终极重视它，而克家自己也是这样的。我们这意见的符合，可以证实，由克家自己看来，我是最能懂他的诗了。我现在不妨明说，《生活》确乎不是这集中最精彩的作品，但却有令人不敢亵视的价值，而这价值也便是这部诗集的价值。

克家在《生活》里说：

这可不是混着好玩，这是生活。

这不啻给他的全集下了一道案语，因为克家的诗正是这样——不是"混着好玩"，而是"生活"。其实只要你带着笑脸，存点好玩的意思来写诗，不愁没有人给你叫好。所以作一首寻常所谓好诗,不是最难的事。但是,做一首有意义的,在生活上有意义的诗,却大不同。克家的诗,没有一首不具有一种极顶真的生活的意义。没有克家的经验,便不知道生活的严重。

> 一万枝暗箭埋伏在你周边,
> 伺候你一千回小心里一回的不检点,

这真不是好玩的。然而他偏要——

> 嚼着苦汁营生,
> 像一条吃巴豆的虫。

他咬紧牙关和磨难苦斗,他还说:

> 同时你又怕克服了它,
> 来一阵失却对手的空虚。

这样生活的态度不够宝贵吗?如果为保留这一点,而忽略了一首诗的外形的完美,谁又能说是不合算?克家的较坏的诗既具有这种不可亵视的实质，他的好诗，不用讲，更不是寻常的好诗所能比拟的了。

所谓有意义的诗，当前不是没有。但是，没有克家自身的"嚼着苦汁营生"的经验，和他对这种经验的了解，单是嚷嚷着替别人的痛苦不平，或怂恿别人自己去不平，那至少往往像是一种"热气"，一种浪漫的姿势，一种英雄气概的表演，若更往坏处推测，便不免有伤厚道了。所以，克家的最有意义的诗，虽是《难民》、《老哥哥》、《炭鬼》、《神女》、《贩鱼郎》、《老马》、《当炉女》、《洋车夫》、《歇午工》，以至《不久有那么一天》和《天火》等篇，但是若没有《烙印》和《生活》一类的作品作基础，前面那些诗的意义便单薄了，甚至虚伪了。人们对于一件事，往往有追问它的动机的习惯（他们也实在有这权利）。对于诗，也是这样。当我们对于一首诗的动机（意识或潜意识的）发生疑问的时候，我很担心那首诗还有多少存在的可能性。读克家的诗，这种疑问永不会发生，为的是有《烙印》和《生活》一类的诗给我们担保了。我再从历史中举一个例。如作"新乐府"的白居易，虽嚷嚷得很响，但究竟还是那位香山居士的闲情逸致的冗力（surplus energy）的一种舒泄，所以他的嚷嚷实际只等于猫儿哭耗子。孟郊并没有作过成套的"新乐府",他如果哭,还是为他自身的穷愁而哭的次数多,然而他的态度,沉着而有锋棱,却最合于一个伟大的理想的条件。除了时代背景所产生的必然的差别不算,我拿孟郊来比克家,再适当不过了。

谈到孟郊,我于是想起所谓好诗的问题。(这一层是我要对另一种人讲的!)孟郊的诗,自从苏轼以来,是不曾被人真诚地认为上品好诗的。站在苏轼的立场上看孟郊,当然不顺眼。所以苏轼诋毁孟郊的诗。我并不怪他。我只怪他为什么不索性野蛮一点,硬派孟郊所作的不是诗,他自己的才是。因为这样,问题倒简单了。既然他们是站在对立而且不两立的地位,那么,苏轼可以拿他的标准抹煞孟郊,我们何尝不可以拿孟郊的标准否认苏轼呢?即令苏轼和苏轼的传统有优先权占用"诗"字,好了,让苏轼去他的,带着他的诗去!我们不要诗了。我们只要生活,生活磨出来的力,像孟郊所给我们的,是"空螯"也好,是"蚕吻涩齿"或"如嚼木瓜,齿缺舌敝,不知味之所在"也好,我们还是要吃,因为那才可以磨练我们的力。

哪怕是毒药，我们更该吃，只要它能增加我们的抵抗力。至于苏轼的丰姿，苏轼的天才，如果有人不明白那都是笑话，是罪孽，早晚他自然明白了。早晚诗也会——

扣一下脸，来一个奇怪的变！

一千余年前孟郊已经给诗人们留下了预言。

克家如果跟着孟郊的指示走去，准没有错。纵然像孟郊似的，没有成群的人给叫好，那又有什么关系？反正诗人不靠市价作诗。克家千万不要忘记自己的责任。

民国廿二年（1933）七月，闻一多谨识

《西南采风录》序

正在去年这时候，学校由长沙迁昆明，我们一部分人组织了一个湘黔滇旅行团，徒步西来，沿途分门别类收集了不少材料。其中歌谣一部分，共计二千多首，是刘君兆吉一个人独力采集的。他这种毅力实在令人惊佩。现在这些歌谣要出版行世了，刘君因我当时曾挂名为这部分工作的指导人，要我在书前说几句话。我惭愧对这部分材料在采集工作上，毫未尽力，但事后却对它发生了极大兴趣。一年以来，总想下番工夫把它好好整理一下，但因种种关系，终未实行。这回书将出版，答应刘君作序，本拟将个人对这材料的意见先详尽地写出来，作为整理工作的开端，结果又一再因事耽延，不能实现。这实在不但对不起刘君，也辜负了这宝贵材料。然而我读过这些歌谣，曾发生一个极大感想，在当前这时期，却不能不尽先提出请国人注意。

在都市街道上，一群群乡下人从你眼角滑过，你的印象是愚鲁、迟钝、畏缩，你万想不到他们每颗心里都自有一段骄傲，他们男人的憧憬是

> 快刀不磨生黄锈，
> 胸膛不挺背要驼。（安南）

女子所得意的是——

> 斯文滔滔讨人厌，
> 庄稼粗汉爱死人；
> 郎是庄稼老粗汉，
> 不是白脸假斯文。（贵阳）

他们何尝不要物质的享乐，但鼠窃狗偷的手段，都是他们所不齿的：

> 吃菜要吃白菜头，
> 跟哥要跟大贼头；
> 睡到半夜钢刀响，

妹穿绫罗哥穿绸。(盘县)

哪一个都市人,有气魄这样讲话或设想?

生要恋来死要恋,
不怕亲夫在眼前。
见官犹如见父母,
坐牢犹如坐花园。(盘县)

火烧东山大松林,
姑爷告上丈人门;
叫你姑娘快长大,
我们没有看家人。(宣威)

马摆高山高又高,
打把火钳插在腰。
哪家姑娘不嫁我,
关起四门放火烧。

你说这是原始,是野蛮。对了,如今我们需要的正是它。我们文明得太久了,如今人家逼得我们没有路走，我们该拿出人性中最后、最神圣的一张牌来，让我们那在人性的幽暗角落里蛰伏了数千年的兽性跳出来反噬他一口。打仗本不是一种文明姿态，当不起什么"正义感"、"自尊心"、"为国家争人格"一类的奉承，干脆的是人家要我们的命，我们是豁出去了，是困兽犹斗。如今是千载一时的机会，给我们试验自己血中是否还有着那只狰狞的动物，如果没有，只好自认是个精神上"天阉"的民族，休想在这地面上混下去了。感谢上苍，在前方姚子青，八百壮士，每个在大地上或天空中粉身碎骨了的男儿，在后方几万万以"睡到半夜钢刀响"为乐的"庄稼老粗汉"，已经保证了我们不是"天阉"！如果我们是一个乐观主义者，我的根据就只这一点。我们能战，我们渴望一战，而以得到一战为至上的愉快。至于胜利，那是多么泄气的事，胜利到了手，不是搏斗的愉快也得终止，"快刀"又得"生黄锈"了吗？还好，还好，四千年的文化，没有把我们都变成"白脸斯文人"！

民国廿八年（1939）三月五日，闻一多序

《三盘鼓》序[①]

诚之最近生过一次相当严重的病，在危险关头，他几乎失掉挣扎的勇气。事后据他说，是医生的药，也是我在他榻前一番鞭策性的谈话，帮他挽回了生机。经过这番折磨，这番锻炼，他的身体是照例地比病前更加健康了。就在这当儿，他准备已久的诗集快出版了，要我说几句话，我想起他生病的经过，便觉得这诗集的问世特别有意义。

从来中华民族生命的危殆，没有甚于今天的，多少人失掉挣扎的勇气也是事实，这正是需要药石和鞭策的时候。今天诚之这象征搏斗姿态的"仙人掌"，这声言"For the worried many"的诗集（参看本书后记）

[①] 《三盘鼓》，薛诚之作。

的问世，是负起了一种使命的，而且我相信也必能完成它的使命，因为这里有药石，也有鞭策。

诗的女神良善得太久了，她的身世和"小花生米"或那——

> ……靠着三盘鼓
> 到处摸索她们的生命线

的三个，没有两样，她又像那——

> 怀私生子的孕妇，
> 孕育着
> 爱与恨的结晶，
> 交织着
> 爱恋和羞耻的心情，

她受尽了侮辱与欺骗，而自己却天天还在抱着"温柔敦厚"的教条，做贤妻良母的梦。这都是为了心肠太软的缘故。多数从事文艺的人们都是良善的，而作诗的朋友们心肠尤其软。这是他们的好处。但如果被利用了，做了某种人"软"化另一种人，以便加紧施行剥削的工具，那他们的好处便变成了罪恶。我在"温柔敦厚，诗之教也"这句古训里嗅到了数千年的血腥。诚之的诗有诗的好处，没有它的罪恶；因为我说过，这里有的是药石和鞭策，不过我希望他还要加强他的药石性的猛和鞭策性的力。

三十三年（1944）十一月，闻一多于昆明

时代的鼓手
——读田间的诗

鼓——这种韵律的乐品，是一切乐器的祖宗，也是一切乐器中之王。音乐不能离韵律而存在，它便也不能离鼓的作用而存在。鼓象征了音乐的生命。

提起鼓，我们便想到了一串形容词：整肃，庄严，雄壮，刚毅和粗暴，急躁，阴郁，深沉……鼓是男性的，原始男性的，它蕴藏着整个原始男性的神秘。它是最原始的乐器，也是最原始的生命情调的喘息。

如其鼓的声律是音乐的生命，鼓的情绪便是生命的音乐。音乐不能离鼓的声律而存在，生命也不能离鼓的情绪而存在。

诗与乐一向是平行发展着的。正如从敲击乐器到管弦乐器是韵律的音乐发展到旋律的音乐，从三四言到五七言也是韵律的诗发展到旋律的诗。音乐也好，诗也好，就声律说，这是进步。可痛惜的是，声律进步的代价是情绪的委顿。在诗里，一如在音乐里，从此以后以管弦的情绪代替了鼓的情绪，结果都是"靡靡之音"。这感觉的愈趋细致，乃是感情愈趋脆弱的表征，而脆弱感情不也就是生命疲困，甚或衰竭的征兆吗？两千年来古旧的历史，说来太冗长。单说新诗的历史，打头不是没有一阵朴质而健康的鼓的声律与情绪，接着依然是"靡靡之音"的传统，在舶来品的商标的伪装之下，支配了不少的年月。疲困与衰竭的半音，似乎比历史上任何时期都变本加厉了地风行着。那是宿命，是历史发展的必然阶段吗？也许。但谁又叫新生与振奋的时代来得那样突然！箫声、琴声（甚至是无弦琴），自然配合不上流血与流汗的工作。于是忙乱中，新派、旧派，人人都设法拖出一面鼓来，你可以想象一片潮湿而发霉的声响，在那壮烈的场面中，显得如何滑稽！它给你的印象仍然是疲困与衰竭。它不是激励，而是揶揄、侮蔑这战争。

于是，忽然碰到这样的声响，你便不免吃一惊：

"多一颗粮食，

就多一颗消灭敌人的枪弹!"
听到吗
这是好话哩!
听到吗
我们
要赶快鼓励自己的心
到地里去!
要地里
长出麦子;
要地里
长出小米。
拿这东西
　当做
　持久战的武器。
(多一些!多一些!)
多点粮食,
就多点胜利。(田间《多一些》)

　　这里没有"弦外之音",没有"绕梁三日"的余韵,没有半音,没有玩任何"花头",只是一句句朴质、干脆、真诚的话,(多么有斤两的话!)简短而坚实的句子，就是一声声的"鼓点"，单调，但是响亮而沉重，打入你耳中，打在你心上。你说这不是诗，因为你的耳朵太熟悉"弦外之音"……那一套，你的耳朵太细了。

> 你看，——
> 他们的
> 仇恨的
> 力，
> 他们的
> 仇恨的
> 血，
> 他们的
> 仇恨的
> 歌，
> 握在
> 手里。
> 握在
> 手里，
> 要洒出来……
> 几十个，

很响地

——在一块；

几十个

达达地，

——在一块

回旋……

狂蹈……

耸起的

筋骨

凸出的

皮肉，

挑负着

——种族的

疯狂，

种族的

咆哮，……（田间《人民底舞》）

这里便不只鼓的声律，还有鼓的情绪。这是鄌之战中晋解张用他那流着鲜血的手，抢过主帅手中的槌来擂出的鼓声，是祢衡那喷着怒火的"渔阳掺挝"，甚至是，如诗人 Robert Lindsey 在《刚果》中，剧作家 Eugene O'Neil 在《琼斯皇帝》中所描写的,那非洲土人的原始鼓,疯狂、野蛮、爆炸着生命的热与力。

这些都不算成功的诗。(据一位懂诗的朋友说,作者还有较成功的诗,可惜我没见到。)但它所成就的那点,却是诗的先决条件——那便是生活欲,积极的、绝对的生活欲。它摆脱了一切诗艺的传统手法,不排解,也不粉饰,不抚慰,也不麻醉,它不是那捧着你在幻想中上升的迷魂音乐。它只是一片沉着的鼓声,鼓舞你爱,鼓动你恨,鼓励你活着,用最高限度的热与力活着,在这大地上。

当这民族历史行程的大拐弯中,我们得一鼓作气来渡过危机,完成大业。这是一个需要鼓手的时代,让我们期待着更多的"时代的鼓手"出现。至于琴师,乃是第二步的需要,而且目前我们有的是绝妙的琴师。

文艺与爱国
——纪念三月十八

铁狮子胡同大流血之后，《诗刊》就诞生了。本是碰巧的事，但是谁能说《诗刊》与流血——文艺与爱国运动之间没有密切的关系？

"爱国精神在文学里"，我让德林克瓦特讲，"可以说是与四季之无穷感兴，与美的逝灭，与死的逼近，与对妇人的爱，是一种同等重要的题目"。爱国精神之表现于中外文学里已经是层出不穷，数不胜数了。爱国运动能够和文学复兴互为因果，我只举最近的一个榜样——爱尔兰，便是明确的证据。

我们的爱国运动和新文学运动何尝不是同时发轫的？他们原来是一种精神的两种表现。在表现上两种运动一向是分道扬镳的。我们也可以说正因为他们没有携手，所以爱国运动的收效既不大，新文学运动的成绩也就有限了。

爱尔兰的前例和我们自己的事实已经告诉我们了：这两种运动合起来便能够互收效益，分开来定要两败俱伤。所以《诗刊》的诞生刚刚在铁狮子胡同大流血之后，本是碰巧的；我却希望大家要当它不是碰巧的。我希望爱自由，爱正义，爱理想的热血要流在天安门，流在铁狮子胡同，但是也要流在笔尖，流在纸上。

同是一个热烈的情怀，犀利的感觉，见了一片红叶掉下地来，便要百感交集，"泪浪滔滔"，见了十三龄童的赤血在地下踩成泥浆，反而漠然无动于衷。这是不是不近人情？我并不要诗人替人道主义同一切的什么主义捧场。因为讲到主义便是成见了。理性铸成的成见是艺术的致命伤；诗人应该能超脱这一点。诗人应该是一张留声机的片子，钢针一碰着他就响。他自己不能决定什么时候响，什么时候不响。他完全是被动的。他是不能自主，不能自救的。诗人做到了这个地步，便包罗万有，与宇宙契合了。换句话说，就是所谓伟大的同情心——艺术的真源。

并且同情心发达到极点，刺激来得强，反动也来得强，也许有时仅仅一点文字上的表现还不够，那便非现身说法不可了。所以陆游一个七十衰翁要"泪洒龙床请北征",拜轮要战死在疆场上了。所以拜轮最完美、最伟大的一首诗,也便是这一死。所以我们觉得诸志士们三月十八日的死难不仅是爱国,而且是伟大的诗。我们若得着死难者的热情的一部分,便可以在文艺上大成功;若得着死难者的热情的全部,便可以追他们的踪迹,杀身成仁了。

因此我们就将《诗刊》开幕的一日,最虔诚地献给这次死难的志士们了!

原载北平《晨报》副刊,十五年(1926)四月一日

邓以蛰《诗与历史》题记

作者本来受了一位朋友的委托，打算替一本新诗写点批评，结果批评没有写成，却在病中花了三通夜的心血草成了这一篇刊心刻骨、诘屈聱牙的论文。作者本不想发表它，但是文章终于发表在《诗刊》上了，那是经我几次恳求的结果。我既替《诗刊》拉了这篇稿子，就有替《诗刊》的读者介绍这篇稿子的义务。刊物上登一篇文章并没有需要介绍的通例；有这种需要没有，可全靠那文章的价值如何了。

作者一向在刊物上发表的文章并不多（恐怕总在五数以下），但是没有一篇不诘屈聱牙，使读者头痛眼花，茫无所得，所以也没有一篇不刊心刻骨，博大精深，只要你肯埋着头，咬着牙，在岩石里边寻求金子，在海洋绝底讨索珍珠。如今有的是咳嗽成玑珠的漂亮文字，有的是嬉笑怒骂皆成文章的大手笔。但是在病中拼着三通夜的心血，制造出这样一篇让人看了头痛眼花的东西出来，可真傻了！聪明人谁犯得上挨这种骂！但是我以为在这文艺批评界正患着血虚症的时候，我们正多要几个傻人出来，赐给我们一点调补剂才好。调补剂不一定像山珍海味那样适味可口，但是它于我们有益。

作者这篇文章有两层主要的意思：（一）怀疑学术界以科学方法整理国故，研究历史的时论。（二）诊断文艺界的卖弄风骚专尚情操，言之无物的险症。他的结论是历史与诗应该携手；历史身上要注射些感情的血液进去，否则历史家便是发墓的偷儿，历史便是出土的僵尸；至于诗这个东西，不当专门以油头粉面、娇声媚态去逢迎人，她也应该有点骨格，这骨格便是人类生活的经验，便是作者所谓"境遇"，这第二个意思也便和阿诺德的定义："诗是生活的批评"正相配合。

以上不过是本篇的大意。但是篇中可宝贵的意见不止这一点。差不多全篇每一句都是孙悟空身上的一根毫毛，每一根毫毛可以变成一个齐天大圣，每一个齐天大圣可以一筋斗打到十万八千里路之远。

这里面的神秘我可没有法子一一地解释。还请读者各人自己去领会罢。假如你因为那诘屈聱牙的文字，望难生畏，以致失掉了石心的金子、海底的珍珠，那我可只好告诉你一句话："你活该！"

我也可以附带地介绍作者另外二篇文字：

（一）《艺术的难关》（《晨报·副刊》）

（二）《从林风眠的画论到中西画的异同》（《现代评论》第三卷第六十七期）

原载《晨报》副刊《诗镌》第二号，
十五年（1926）四月八日

诗人的横蛮

孔子教小子，教伯鱼的话，正如孔子一切的教训，在这年头儿，都是犯忌讳的。依孔子的见解，诗的灵魂是要"温柔敦厚"的。但是在这年头儿，这四个字千万说不得，说出了，便证明你是个弱者。当一个弱者是极寒伧的事，特别是在这一个横蛮的时代。在这时代里，连诗人也变横蛮了。作诗不过是用比较斯文的方法来施行横蛮的伎俩。我们的诗人早起听见鸟儿叫了几声，或是上万牲园逛了一逛，或是接到一封情书了……你知道——或许他也知道这都不是什么了不得的事件，够不上为它们就得把安居乐业的人类都给惊动了。但是他一时兴会来了，会把这消息用长短不齐的句子分行写了出来，硬要编辑先生们给它看过几遍，然后又耗费了手民的筋力给它排印了，然后又占据了上千上万的读者的光阴给它读完了，最末还要叫世界，不管三七二十一，承认他是一个天才。你看这是不是横蛮？并且他凭空加了世界这些负担，要是哪一方面——编辑，手民或读者——对他大意了一点，他便又要大发雷霆，骂这世界盲目，冷酷，残忍，蹂躏天才，……这种行为不是横蛮是什么？再如果你好心好意对他这作品下一点批评，说他好，那固然算你没有瞎眼睛；你要是敢说了他半个坏字，那你可触动了太岁，他能咒到你全家都死尽了。试问这不是横蛮是什么？

我看如果诗人们一定要这样横蛮，这样骄纵，这样跋扈，最好早晚由政府颁布一个优待诗人的条例，请诗人都戴上平顶帽子，穿上灰色制服，（最好是粉红色的，那最合他们身份。）以表示他们是属于享受特殊权利的阶级，并且仿照优待军人的办法，电车上、公园里、戏园里……都准他们自由出入，让他们好随时随地寻求灵感。反正他们享受的权利已经不少了，政府不如卖一个面子，追认一下。但是我怕这一来，中国诗人一向的"温柔敦厚"之风会要永远灭绝了。

原载北平《晨报》副刊，
十五年（1926）五月二十七日

诗的格律

一

假定"游戏本能说"能够充分地解释艺术的起源，我们尽可以拿下棋来比作诗；棋不能废除规矩，诗也就不能废除格律。（格律在这里是 form 的意思。"格律"两个字最近含着了一点坏的意思；但是直译 form 为形体或格式也不妥当。并且我们若是想起 form 和节奏是一种东西，便觉得 form 译作格律是没有什么不妥的了。）假如你拿起棋子来乱摆布一气，完全不依据下棋的规矩进行，看你能不能得到什么趣味？游戏的趣味是要在一种规定的格律之内出奇制胜。作诗的趣味也是一样的。假如诗可以不要格律，作诗岂不比下棋、打球、打麻将还容易些吗？难怪这年头儿的新诗"比雨后的春笋还多些"。我知道这些话准有人不愿意听。但是 Bliss Perry 教授的话来得更古板。他说："差不多没有诗人承认他们真正给格律束缚住了。他们乐意戴着脚镣跳舞，并且要戴别个诗人的脚镣。"

这一段话传出来，我又断定许多人会跳起来，喊着"就算它是诗，我不作了行不行"？老实说，我个人的意思以为这种人就不作诗也可以；反正他不打算来戴脚镣，他的诗也就作不到怎样高明的地方去。杜工部有一句经验语很值得我们揣摩的："老去渐于诗律细。"

诗国里的革命家喊道"皈返自然"！其实他们要知道自然界的格律，虽然有些像蛛丝马迹，但是依然可以找得出来。不过自然界的格律不圆满的时候多，所以必须艺术来补充它。这样讲来，绝对的写实主义便是艺术的破产。"自然的终点便是艺术的起点"，王尔德说得很对。自然并不尽是美的。自然中有美的时候，是自然类似艺术的时候。最好拿造型艺术来证明这一点。我们常常称赞美的山水，讲它可以入画。的确中国人认为美的山水，是以像不像中国的山水画做标准的。欧洲文艺复兴以前所认为女性的美，从当时的绘画里可以证明，同现代女性美的观念完全不合；

但是现代的观念不同希腊的雕像所表现的女性美相符了。这是因为希腊雕像的出土，促成了文艺复兴，文艺复兴以来，艺术描写美人，都拿希腊的雕像作蓝本，因此便改造了欧洲人的女性美的观念。我在赵瓯北的一首诗里发现了同类的见解：

绝似盆池聚碧潺，嵌空石笋满江湾。
化工也爱翻新样，反把真山学假山。

这径直是讲自然在模仿艺术了。自然界当然不是绝对没有美的。自然界里面也可以发现出美来，不过那是偶然的事。偶然在言语里发现一点类似诗的节奏，便说言语就是诗，便要打破诗的音节，要它变得和言语一样——这真是诗的自杀政策了。（注意我并不反对用土白作诗，我并且相信土白是我们新诗的领域里，一块非常肥沃的土壤，理由等将来再仔细地讨论。我们现在要注意的只是土白可以"作"诗；这"作"字便说明了土白须要一番锻炼选择的工作，然后才能成诗。）诗之所以能激发情感，完全在它的节奏；节奏便是格律。莎士比亚的诗剧里往往遇见情绪紧张到万分的时候，便用韵语来描写。歌德作《浮士德》也曾用同类的手段，在他致席勒的信里，并且提到了这一层。韩昌黎"得窄韵则不复傍出，而因难见巧，愈险愈奇……"这样看来，恐怕越有魄力的作家，越是要戴着脚镣跳舞才跳得痛快，跳得好。只有不会跳舞的才怪脚镣碍事，只有不会作诗的才感觉得格律的束缚。对于不会作诗的，格律是表现的障碍物；对于一个作家，格律便成了表现的利器。

又有一种打着浪漫主义旗帜来向格律下攻击令的人。对于这种人，我只要告诉他们一件事实。如果他们要像现在这样讲什么浪漫主义，就等于承认他们没有创造文艺的诚意。因为，照他们的成绩看来，他们压根儿就没有注重到文艺的本身，他们的目的只在披露他们自己的原形。顾影自怜的青年们一个个都以为自身的人格是再美没有的，只要把这个赤裸裸地和盘托出，便是艺术的大成功了。你没有听见他们天天唱道"自我的表现"吗？他们确乎只认识了文艺的原料，没有认识那将原料变成文艺所必需的工具。他们用了文字作表现的工具，不过是偶然的事，他们最称心的工作是把所谓"自我"披露出来，是让世界知道"我"也是一个多才多艺、善病工愁的少年；并且在文艺的镜子里照见自己那偏傥的风姿，还带着几滴多情的眼泪,啊!啊!那是多么有趣的事!多么浪漫!不错,他们所谓浪漫主义,正浪漫在这点上,和文艺的派别绝不发生关系。这种人的目的既不在文艺,当然要他们遵从诗的格律来作诗,是绝对办不到的;因为有了格律的范围,他们的诗就根本写不出来了,那岂不失了他们那"风流自赏"的本旨吗?所以严格一点讲起来,这一种伪浪漫派的作品,当它作把戏看可以,当它作西洋镜看也可以,但是万不能当它作诗看。格律不格律,因此就谈不上了。让他们来反对格律,也就没有辩驳的价值了。

上面已经讲了格律就是 form。试问取消了 form,还有没有艺术?上面又讲到格律就是节奏。讲到这一层更可以明了格律的重要;因为世上只有节奏比较简单的散文,绝不能有没有节奏的诗。本来诗一向就没有脱离过格律或节奏。这是没有人怀疑过的天经地义。如今却什么天经地义也得有证明才能成立,是不是?但是为什么闹到这种地步呢——人人都相信诗可以废除格律?也许是"安拉基"精神,也许是好时髦的心理,也许是偷懒的心理,也许是藏拙的心理,也许是……那我可不知道了。

二

前面已经稍稍讲了讲诗为什么不当废除格律。现在可以将格律的原质分析一下了。从表面上看来,格律可从两方面讲:(一)属于视觉方面的;(二)属于听觉方面的。这两类其实又当分开来讲,因为它们是息息相关的。譬如属于视觉方面的格律有节的匀称,有句的均齐;属于听觉方面的有格式,有音尺,有平仄,有韵脚。但是没有格式,也就没有节的匀称,没有音尺,也就没有句的均齐。

关于格式、音尺、平仄、韵脚等问题,本刊上已经有饶孟侃先生《论新诗的音节》的两篇文章讨论得很精细了。不过他所讨论的是从听觉方面着眼的。至于视觉方面的两个问题,他却没有提到。当然视觉方面的问题比较占次要的位置。但是在我们中国的文学里,尤其不当忽略视觉一层,因为我们的文字是象形的,我们中国人鉴赏文艺的时候,至少有一半的印象是要靠眼睛来传达的。原来文学本是占时间又占空间的一种艺术。既然占了空间,却又不能在视觉上引起一种具体的印象——这是欧洲文字的一个缺憾。我们的文字有了引起这种印象的可能，如果我们不去利用它，真是可惜了。所以新诗采用了西文诗分行写的办法，的确是很有关系的一件事。姑无论开端的人是有意的还是无心的，我们都应该感谢他。因为这一来，我们才觉悟了诗的实力不独包括音乐的美（音节），绘画的美（词藻），并且还有建筑的美（节的匀称和句的均齐）。这一来，诗的实力上又添了一支生力军，诗的声势更加扩大了。所以如果有人要问新诗的特点是什么，我们应该回答他：增加了一种建筑美的可能性是新诗的特点之一。

近来似乎有不少人对于节的匀称和句的均齐表示怀疑，以为这是复古的象征。做古人的真倒霉，尤其做中华民国的古人！你想这事怪不怪？做孔子的如今不但"圣人"、"夫子"的徽号闹掉了，连他自己的名号也都给褫夺了，如今只有人叫他作"老二"；但是耶稣依然是耶稣基督，苏格拉提①依然是苏格拉提。你作诗摹仿十四行体是可以的，但是你得十二分小心，不要把它作得像律诗了。我真不知道律诗为什么这样可恶，这样卑贱！何况用语体文写诗写到同律诗

---

① 今通译作苏格拉底。编者注。

一样，是不是可能的？并且现在把节作到匀称了，句作到均齐了，这就算是律诗吗？

诚然，律诗也是具有建筑美的一种格式；但是同新诗里的建筑美的可能性比起来，可差得多了。律诗永远只有一个格式，但是新诗的格式是层出不穷的。这是律诗与新诗不同的第一点。作律诗无论你的题材是什么？意境是什么，你非得把它挤进这一种规定的格式里去不可，仿佛不拘是男人、女人、大人、小孩，非得穿一种样式的衣服不可。但是新诗的格式是相体裁衣。例如《采莲曲》的格式绝不能用来写《昭君出塞》，《铁道行》的格式绝不能用来写《最后的坚决》，《三月十八日》的格式绝不能用来写《寻找》。在这几首诗里面，谁能指出一首内容与格式，或精神与形体不调和的诗来，我倒愿意听听他的理由。试问这种精神与形体调和的美，在那印板式的律诗里找得出来吗？在那乱杂无章、参差不齐、信手拈来的自由诗里找得出来吗？

律诗的格律与内容不发生关系，新诗的格式是根据内容的精神制造成的，这是它们不同的第二点。律诗的格式是别人替我们定的，新诗的格式可以由我们自己的意匠来随时构造。这是它们不同的第三点。有了这三个不同之点，我们应该知道新诗的这种格式是复古还是创新，是进化还是退化。

现在有一种格式：四行成一节，每句的字数都是一样多。这种格式似乎用得很普遍。尤其是那字数整齐的句子，看起来好像刀子切的一般，在看惯了参差不齐的自由诗的人，特别觉得有点希奇。他们觉得把句子切得那样整齐，该是多么麻烦的工作。他们又想到作诗要是那样麻烦，诗人的灵感不完全毁坏了吗？灵感毁了，还哪里去找诗呢？不错，灵感毁了，诗也毁了。但是字句锻炼得整齐，实在不是一件难事，灵感绝不致因为这个就会受了损失。我曾经问过现在常用整齐的句法的几个作者，他们都这样讲；他们都承认若是他们的哪一首诗没有作好，只应该归罪于他们还没有把这种格式用熟；这种格式的本身，不负丝毫的责任。我们最好举两个例来对照着看一看，一个例是句法不整齐的；一个是整齐的，看整齐与凌乱的句法和音节的美丑有关系没有——

我愿透着寂静的朦胧，薄淡的浮纱，
细听着渐渐的细雨寂寂的在檐上，
激打遥对着远远吹来的空虚中的嘘叹的声音，

意识着一片一片的坠下的轻轻的白色的落花。

说到这儿，门外忽然灯响，
老人的脸上也改了模样；
孩子们惊望着他的脸色，
他也惊望着炭火的红光。

到底哪一个的音节好些——是句法整齐的，还是不整齐的？更彻底地讲来，句法整齐不但于音节没有妨碍，而且可以促成音节的调和。这话讲出来，又有人不肯承认了。我们就拿前面的证例分析一遍，看整齐的句法同调和的音节是不是一件事。

孩子们｜惊望着｜他的｜脸色
他也｜惊望着｜炭火的｜红光

这里每行都可以分成四个音尺，每行有两个"三字尺"（三个字构成的音尺之简称，以后仿此）和两个"二字尺"，音尺排列的次序是不规则的，但是每行必须还他两个"三字尺"两个"二字尺"的总数。这样写来，音节一定铿锵，同时字数也就整齐了。所以整齐的字句是调和的音节必然产生出来的现象。绝对的调和音节，字句必定整齐。（但是反过来讲，字数整齐了，音节不一定就会调和，那是因为只有字数的整齐，没有顾到音尺的整齐——这种整齐是死气板脸地硬嵌上去的一个整齐的框子，不是充实的内容产生出来的天然的整齐的轮廓。）

这样讲来，字数整齐的关系可大了，因为从这一点表面上的形式，可以证明诗的内在的精神——节奏的存在与否。如果读者还以为前面的证例不够，可以用同样的方法分析我的《死水》。

这首诗从第一行——

这是｜一沟｜绝望的｜死水

起，以后每一行都是用三个"二字尺"和一个"三字尺"构成的，所以每行的字数也是一样多。结果，我觉得这首诗是我第一次在音节上最满意的试验。因为近来有许多朋友怀疑到《死水》这一类麻将牌式的格式，所以我今天就顺便把它说明一下。我希望读者注意，新诗的音节，从前面所分析的看来，确乎已经有了一种具体的方式可循。这种音节的方式发现以后，我断言新诗不久定要走进一个新的建设的时期了。无论如何，我们应该承认这在新诗的历史里是一个轩然大波。

这一个大波的动荡是进步还是退化，不久也就自然有了定论。

原载北平《晨报》副刊，十五年（1926）五月十三日

先拉飞主义

> 味摩诘之诗,诗中有画,观摩诘之画,画中有诗。
>
> ——《东坡志林》

首先,这题目许用得着给下一点注脚。

最初用"先拉飞"这名词的是侨寓在意大利的一群法国画家,他们的目的是要在画里恢复中世纪的——拉飞儿(Raphael)以前的朴质的作风。现在讲到"先拉飞派",它是指英国的罗瑟蒂(Dante Gabriel Rossetti)、韩德(Holman Hunt)和米雷(Sir John Millais)等等七个人。先拉飞兄弟会(The Pre-Raphaelite Brotherhood)是在一八四八年组织的;内中有画家,有雕刻家,有诗人。他们在画上签名便简写为P. R. B.。他们的言论机关叫做《胚胎》(The Germ)。

他们会同批评家罗斯金,主张扫除拉飞儿以后的种种秀丽、纤弱的习气,恢复早期作家的简洁、真诚与笃实;还有当时那物质的潮流和怀疑的思想,他们也要矫正,因此他们要在画里表现出那中世纪的"惊异、虔诚和懔栗"等等的宗教情调。这运动的寿命并不长。不久"兄弟们"渐渐分散了,各人走上各人自己的蹊径,于是先拉飞兄弟会就无形地瓦解了。可是这次运动,在英国艺术上,确乎深深地印了一个戳记,特别是在装饰艺术上的影响很深。

以上可算"先拉飞运动"的一篇简明的历略。"先拉飞主义"给当时的批评界引起了不少的争辩。这主义所包含的原则很多,可讨论的也实在不少。我们现在要谈的,单是"先拉飞派"的画与"先拉飞派"的诗,两者之间相互的关系,和这种关系的评价。

文学里的"先拉飞主义"是个借用的名词。"先拉飞主义"在文学里并没有明确的定义。为便利起见,我们才借它来标明当时文学界的一种浪漫趋势,例如罗瑟蒂、莫理士、史文朋诸家的作品。所以文学与"先拉飞运动"即便有关系也是一种旁支庶出的关系,正如罗瑟蒂自称绘画是他的主业,诗只是副产品一样。不过拿"先拉飞"来形容那一帮人的作品，实在是比较最近于妥当的一个名词。再说他们的诗和"先拉飞派"的画也的确很有关系。不但他们有一部分人同时是诗人又是画家，并且他们还屡次在诗里表现画，或在画里表现诗。罗瑟蒂本人的集子里就有一大堆题画的商籁体。

美术和文学同时发展，在历史上本是常见的事。最显著的文艺复兴，便是一个伟大的美术时期，同时又是伟大的文学时期。因此有人称英国的十九世纪末叶为英国的文艺复兴。但是美术和文学，从来没有在同一个时期里，发生过那样密切的关系；不拘在哪个时期，断没有第二帮人像"先拉飞派"的"弟兄们"那样有意地用文学来作画，用颜料来吟诗的。"先拉飞主义"引起我们——至少作者个人的注意，便在这一点上。

讲到这里，我们马上想起王维的"诗中有画，画中有诗"那句老话。王维的"诗中有画，画中有诗"，比方，和罗瑟蒂的"诗中有画，画中有诗"同不同，是另一问题，不过拿这八个字来包括"先拉飞派"的艺术，倒是一个顶轻便的办法。这两句话，我以后还要常常借用，但是请读者注意，我声明在先，那是有条件，有范围的借用。

"先拉飞派"的画和"先拉飞派"的诗，何以发生那样密切的关系呢？我们研究这里种种的动因，有的属于时代的趋势，有的属于个人的天才，有些是机会凑成的，有些是人力强造的——极复杂，也极有趣。

艺术型类的混乱是"先拉飞派"的一个特征，开混乱艺术型类之端的可不是"先拉飞派"。一七六六年将近新古典运动的末叶，勒沁的《雷阿科恩》已经在攻击那种趋势。到十九世纪，那趋势反而变本加厉了，趋势简直变成了事实，并且不仅诗和画的界限抹煞了，一切的艺术都丢了自己的工作。给邻家代庖，罗瑟蒂的"诗中有画，画中有诗"只是许多现象中之一种。此外还有戈提叶（Gautier）的"艺术的移置"（"Transposition d'Art"），马拉美（Mallarmé）要用文学制成和合曲……诸如此类，数都数不清。看来这种现象，不是局部的问题，乃是那时代里全部思潮和生活起了一种变化——竟或是腐化。关于这一点，白璧德教授在他的《新雷阿科恩》里已经发挥得十分尽致了，不用我们再讲。我们要知道的只是那时代潮流的主因之外，还有许多副因和近因。下面这几点，对于阐明"先拉飞主义"发展的痕迹,许可以供给些参证。

先拉飞兄弟会成立的头年(一八四七),罗瑟蒂和他那般朋友对于济慈的诗发生了很深的兴味。这是一件值得注意的事,本来罗瑟蒂早就在济慈和柯立基的作品里看出了一种最高的浪漫的元素。后来他和韩德、米雷读霍顿的《济慈传》,又同时都觉得那诗人的作品,已经达到古典与浪漫调和到最适当的境地,并且那正是他们自己在美术里企望不到的最高目的。现在他们的愿望是要把这"灵"与"肉"的谐和移植到绘画里来。于是他们纠合了一般同志,组织了一个团体,规定每人得按时交进画稿来给大众批评,题目往往是由罗瑟蒂拟。下面这些画题,便是从济慈的《绮萨白娜》(*Isabella*)里选出的:

(1)《情耦》

(2)《绮萨白娜的三个弟兄》

(3)《分离》

(4)《幻象》(绮萨白娜梦见她的哥弟们把情郎杀死了)

(5)《林中》(绮萨白娜到林子里把情郎的首级偷来了)

(6)《紫苏坛》(她把首级埋在坛里)

(7)《弟兄们发现了紫苏坛》

(8)《绮萨白娜之疯魔》

兄弟会未成立之前,他们和济慈已经有这样的关系,既成立以后,关系仍然没有改变。例如米雷的首屈一指的杰作《圣爱格尼节之前夕》(The Eve of St. Agnes)便取材于济慈的那首同名的诗;并且韩德的第一次重要的产品《马德林与波菲罗之出奔》(The Flight of Madeline and Porphyro)也是由那首诗脱胎的。还有济慈的《无情的美女》(La Bella Dame Sans Mercé)他们也都画过。

三人都是先拉飞兄弟会的台柱子,和济慈的关系又都那样深,看来是不是"先拉飞运动"之产生,济慈要负一份责任?再看他们崇拜济慈是因为他的诗是调和古典浪漫的大成功,"先拉飞运动"所以又可以说是借改造诗的方法,来改造画,正如他们后来又借改造画的方法去改造诗。这样不分彼此地挪借,便造就了诗与画里的许多新枪花,同时也便是艺术型类的大混乱。

假如没有个济慈,或是他们凑巧没有注意到济慈的诗,"先拉飞运动"还会不会实现呢?我们的答案大概属于正面，因为前面已经提过，兄弟会里以画家兼诗人的会员不在少数，罗瑟蒂本人不用讲了，此外吴勒（Thomas Woolner）在他的雕刻还没有成名以前，已经是一个很有天才的诗人；喀林生（James Collinson）在诗上也有相当的成绩，他在第二期《胚胎》上发表的作品，据说很能代表"先拉飞派"那宗教的象征主义，和半禁欲、半任情的忧郁情调；裴登（Sir J. Noel Paton）和施高达（William Bell Scott）两个人也是诗画两方面都有贡献的；威廉·罗瑟蒂在两种艺术上都尝试过，他开始习画许太迟点，所以不能终局，他放弃作诗。据韩德说，为的是自己觉得不如老兄才搁笔的；还有老画家卜朗（Ford Mapox Brown），罗瑟蒂的老师，也能作诗，在《胚胎》上投过稿。以上都是画家兼诗人。其余的是会员也好，非会员而与他们有瓜葛的也好，几乎没有一个不是具有双料的兴趣，虽则画画的不必实行作诗，作诗的不必实行画画。最足以代表这一类的，便是两个"先拉飞派"的后劲白恩·琼士（Sir Edward Bume- Jones）和威廉·莫理士（William Morris）。这样看来，他们自身本有双方发展的可能性，恐怕用不着多少外来的刺激和指点，才会产生那种"诗中有画，画中有诗"的艺术。

我们许要问，怎么这样凑巧，恰恰让那样一群人聚到一堆来了，这现象是否和他们的中心人物——罗瑟蒂个人的天性，有点因果关系？换句话说，"先拉飞派"的命运，是不是由罗瑟蒂一手造成的，是不是因为主将的"诗中有画，画中有诗"，才有大家的"诗中有画，画中有诗"？不见得，罗瑟蒂的魔力不见得有那样大。不错，坚强自信的罗瑟蒂，富于"个人吸引力"的罗瑟蒂，惯于高兴支配别人，别人也乐于被他支配，但是我们绝不相信，偌大一个运动，是谁一个人的能力所能造设的。罗瑟蒂不过是许多分子之一；与其说罗瑟蒂支配众人，不如说大家互相支配，或许其中罗瑟蒂的势力比较大点。大家都是多才多艺，因为多才多艺，才要左手画圆，右手画方，结果当然圆里有方，方里也有圆了。兄弟会的事业，就是这么一回事。

单就"画中有诗"讲，英国也不仅"先拉飞派"的画家是那样，自从英国有画以来，可以说没有完全脱离过文学的色彩。英国人天生就不是意大利人、法兰西人、西班牙人或荷兰人那样的图画天才。绘画——由线条色彩构成的绘画，仿佛他们从来没有了解过。他们不是不能审美,他们的美,是从诗和其他的文学里认识的。他们有的是思想家、道德家、著作家;他们会"想",可不大会"看"。自从阿瑟王和"圆桌"的时代,英国就有了诗,英国的画却是比较晚出的产品,所以难怪他们的兴趣根本在文学上,甚至于文学的势力还要偷进绘画里来。认真地讲,英国的画只算得一套文学的插图。就"先拉飞派"诗讲,罗瑟蒂的画是但丁的插图,韩德的是《圣经》的插图。再从全部的英国美术史看,从侯加士(Hogarth)数到白兰格文(Branguan),哪一个不是插图家?一个勃莱克(Blake),一个皮雅次蕾(Beardsley),两座高峰,遥遥相对,四围兀兀地布满了大大小小的山头,结构和趣味差不多属于一种的格调。芮洛慈(Beynolds)、盖恩斯伯洛(Gainsborough)以下的肖像画家,和魏尔生(Wilson)、康士塔孛(Constable)以下的风景画家,算是例外。可是你知道这两派都是荷兰人的传授,只可说是英国寄籍的荷兰画(肖像和风景根本也是不容易文学化的)。你简直没有法子叫英国人不在画里弄文。连兰西儿(Landseer)的狗子都要讲故事。文学是英国人的根性,所以罗瑟蒂才有这样的议论——他对白恩·琼士说——"谁心里若是有诗,他最好去画画,因为所有的诗都早已讲过了,写过了,但差不多没有人动手画过。"可见罗瑟蒂画画的动机是要作诗。你不能禁止英国人不作诗,如同不能禁止他们的百灵鸟不唱歌一样。

还有一种原因也足以使诗画的界限容易混乱。在《胚胎》的弁言里,他们已经声明过,在画上应用过的原则,也要在诗上应用;其实在诗上应用的理由更大,因为绘画的旨趣非借具体的物象来表现不可,诗却可以直接达到它的鹄的。譬如画家若要在作品里表现一种精神的简洁性,必须想出各种方法来布置,描写他身外的对象;但是一个诗人——假如他是个能手——顿时就能捉住他那题材的精神,精神捉到了,再拿象征的或戏剧的方法给装扮起来,就比较容易了。柏尔(Clive Bell)在他的《艺术论》里,辨别美感和实用观念的区别,有一段话:"一个实际的人走进屋子里,看见几张椅子、桌子、沙发、一幅地毯和一座壁炉。他的理智认识了这些物件;假如他要在那里待下,或是放下一只杯子,他晓得他应该怎么办。那些物件的名字告诉了他许多方法——怎样应付那些实际问题的方法。但是在各个名字背后藏着的那些物件的本体,他不知道。艺术家可不同,名字不关他的事。

他们只知道一件东西是产生一种情绪的工具,那便是说,他们只管得着物件本身的价值,……"好了,我们现在该明白了,什么是供应实用的物件,什么是供应美感的物件。譬如一只茶杯,我们叫它作茶杯,是因为它那盛茶的功能;但是画家注意的只是那物象的形状、色彩等等,它的名字是不是茶杯,他不管。但是一个画家怎样才能把那物象表现出来,叫看画的人也只感到形状色彩的美,而不认作茶杯呢?现在我们回到本题了,绘画的困难便在这里,绘画的困难比文学的大,也在这里。

> White plates and cups clean-gleaming,
> Ringed with blue lines,

白禄克(Rupert Brooke)这种捉拿生魂的神通,绝不是画家梦想得到的。就叫寨桑(Cézanne)来动手,结果恐怕还免不掉有点隔膜。这是因为文学的工具根本是富于精神性的。"先拉飞主义"在诗上的问题小,在画上的问题大,并且他们的诗的成功比画的成功更加可观,便是这个道理。但是不幸的是,诗的地位占便宜些,就免不了要引起画的妒忌和羡慕。

"先拉飞派"的画家看出了诗的可羡慕的地位，是对的，是他们有眼光；但是他们实际地羡慕了，并且不惜牺牲自家的个性，放弃自家的天职，去求绘画的诗化，那便错了，那是没有眼光。

罗斯金的艺术主张和"先拉飞派"的主张，本是两方面独自发现的，虽是两方面不约而同的发现，不过自从他们互相认识以后，"先拉飞派"从罗斯金得来的赞助和指导，的确是很多，罗斯金的影响好的、健全的固然不少，但是"先拉飞派"所以用作诗的方法作画，我们饮水思源，实在不能不把一部分的罪过堆在罗斯金身上。我们也承认"先拉飞派"对于宗教——更正确点，宗教方面的中世纪主义——的热心，难免是"牛津运动"的余波，可是如果没有罗斯金那样明白的表示和大声疾呼的提倡，我们也可以断定"先拉飞派"是不会得有那样坚决的、极端的主张，因此流弊也不致那样大。罗斯金说：

譬如，雷兰派的一部作品——鲁奔斯（Rubens），樊代克（Vandyke）和冷伯兰提（Rembrandt）永远在例外——都是夸耀画家的口才，都是用清晰而有力的发音术咬着既无用又无味的字眼；至于齐玛孛（Cimabue）和吉荻陀（Giotto）早年的成绩乃是婴孩嘴唇里吐出的热烈的预言。明哲的批评家应该负起责任来审慎辨别什么是语言，什么是思想，还要专心尊崇，赞颂思想，把语言认为下乘，绝对不当与思想相提并论或较量短长。一幅画，如果有的是较高尚较丰富的意义，不问表现得怎样笨拙，比起那表现美满而意义凡庸贫困的作品，定是一幅较伟大的较好的画。

罗斯金的主意是要艺术有一种最高无上的道德的目的，他以为艺术的价值，是随着这目的之有无或高下为转移的，所以他注重的是绘画的"思想"，不是"语言"。这话当然不错，可是问题不是那样简单。试问到底哪里是"思想"和"语言"的分野？在绘画里，离开线条和色彩的"语言"，"思想"可还有寄托的余地？如果思想有了，就可以不择表现的方法，只要能达意就成了吗？譬如，在罗瑟蒂的《圣母的童年》里，我们看见一瓶百合，一把荆棘，知道百合象征贞洁，荆棘象征悲哀。好了，画家的意义我们明白了，可是那与绘画本身价值有什么关系？明白了是两个"文学的"概念。"文学的"概念只能间接地引起情感的反应,并且那种情感也未见得纯洁。当然,罗斯金并没有教画家拿那样潦草、肤浅的方法来表现"思想",但是我们得承认,有了罗斯金的推崇"思想",才有罗瑟蒂的只认目的,不择手段的流弊。不但罗瑟蒂,便是韩德的只求局部之精确,忘了全体的谐和,和米雷的欢喜在画里讲故事,何尝不是罗斯金的影响?

但是话又说回头了,我们也不必十分逼罗斯金,连老头子自己都没办法,因为批评家和创作家都是英国人,文学是英国人的天才,也是英国人的癖好。

否定肉体,偏执灵魂的中世纪主义,也是能损毁绘画的纯粹性的一种势力。我们拿中世纪色彩最浓的罗瑟蒂来作例。但是我们先得认清他的文学作品被人攻击为"肉体派的诗",实在是个大冤枉,幸而攻击他的人,巴坎伦(Robert Buchanan)后来忏悔了。其实在罗瑟蒂的诗里,"肉体美"所以可贵,完全因为它是"灵魂美"的佐证,所谓"内在的、精神的、美德的一种外在的、有形的符号",我们读他的《身体的美》(*Body's Beauty*)那首商籁体便知道了。诗人又在一首题名 *Lovesight* 的商籁体里问道:

> When do I see the most, beloved one?
> When in the light the spirit of mine eyes,
> Before thy face, their altar, solemnize
> The Worship of that love through thee made known?
> Or when in the dusk hours, (we two alone,)
> Close-kissed and eloquent of still replies
> Thy twilight-hidden glimmering visage lies,
> And my soul only sees thy soul its own?

这种神秘性充满了罗瑟蒂全部的著作，可是要把它运用到画里来，问题就困难了。因为神秘性根本是有诗意的，和画却隔膜得多。罗瑟蒂既拿定了主意要神秘化他的画，没有办法就拐一个弯，借那属于文学的，抽象的象征来帮忙，结果我们便得了这样一幅画，例如他的《但丁之梦》。在这画里，神秘的含义谁也承认是十分丰富，丰富的含义总算都表现得够分明的了。但是把它当作画看，未免太分明了，因为所谓"分明"是理智的了解，不是感觉的认识，所以在文学里可以立脚，在画里却没有存在的余地。

也许有人又要发问，神秘主义果真不在绘画的范围里吗？绘画绝对不许采取象征作手段吗？吉莪陀，齐玛孛，马沙奇俄（Masaceio）的地位应该推翻吗？不错，早期意大利的名手都是神秘家，都没有鄙视过象征。但是他们的时代是中世纪，不是做中世纪的梦的十九世纪；他们是在宗教里生活着，用不着靠宗教运动求生活，神秘是他们的天性，不是他们的主义；在他们无所谓象征，象征便是实体。我们认为实体的，在他们都是象征。有了那种精神，岂独在美术上可以创造奇迹，在文学上，在生活上，哪一项不够我们惊异、拜倒、向往的？兄弟会虽是会模仿，甚至模仿古人那隐遁的生活，保持着一种宗教式的诚恳态度，但是没有用，模仿毕竟是模仿。何况他们对于宗教并没有正确的领悟。罗瑟蒂对于宗教是一种浪漫的癖好，正如韩德对于宗教是一种历史的好奇心，韩德向巴勒斯登搜集材料，罗瑟蒂向中世纪搜集材料，不过因为那一种空间的，一种时间的距离，能满足他们好奇的欲望罢了。他们的灵感的来源既不真，他们的作品当然是空洞的、软弱的、没有红血球的。

上面所讨论的，是站在绘画的立脚点上看为什么"先拉飞派"的画中有诗。我们拉杂地举了七种理由。如果翻过面来问，为什么"先拉飞派"的诗中又有画，理由当然有许多和上面相同，也有看了彼方面的理由，马上就可想起此方面的。例如单讲罗瑟蒂兄妹，知道安格鲁撒克逊民族的天才是文学，也便想得起拉丁民族的天才是造型艺术——罗瑟蒂兄妹是四分之三的意大利人，四分之一的英国人。还有知道他们的中世纪主义，也不能忘记他们的希腊主义，上文已经提过，他们在济慈的诗里发现了"灵"与"肉"最圆满的调和，并且要把它移植到画里来，可见他们的主张和片面的禁欲主义完全两样。他们的诗里所以充满了属于感觉的绘画，便是这个缘故。

我讲了许多不利于"先拉飞派"或罗瑟蒂个人的话，读者可不要误会，以为我完全不承认他们的价值。尤其是罗瑟蒂的作品，我不仅认为有价值，并且讲老实话，我简直不能抵抗它那引诱，虽是清醒的自我有时告诉我，那艳丽中藏着毒药。不用讲，我承认我的弱点，便是承认罗瑟蒂的魔力！例如《受佑的比雅特丽琪》（Beata Beatrix）、《潘多娜》（Pandora）、《窗前》（La Donna della Finestra）等等作品里的可歌可泣的神秘的诗意，谁不陶醉，谁不折服，谁还有工夫附和契斯脱登（G. K. Chesteton）来说那冷心的、狠心的话——"这个大艺术家的成功，是由于不曾辨清

他的艺术的性质!"再看他的诗,举一个极端的例:

> Herself shall bring us, hand in hand,
> 　　To him round whom all souls
> Kneel, the clear-ranged unnumbered heads
> 　　Bowed with their aureoles:
> And angels meeting us shall sing
> 　　To their Citherns and Cit les.

我们明晓得这不但是画意,简直是图画——是中世纪道院里那一个老和尚(也许是 Fra Angelico)用金的、宝蓝的、玫瑰红的和五光十色的油漆堆起来的一幅图画。"诗中有画"我们见得多,从莎士比亚、斯宾叟以来的诗人,谁不会在文学里创造几幅画境?但是罗瑟蒂这样的,我们没有见过。我们也知道这正是亚里士多德说的"Shifting his ground another, kind",但是这"移花接木"的本领是值得佩服的,并且这样开出的花是有一种奇异的芬芳和颜色,特别能勾引人们的赏玩。

　　总结一句,"先拉飞派"的诗和画,的确是有它们的特点,"先拉飞主义"无论在诗或画方面,似乎是一条新路。问题只是艺术的园地里到底有开辟新畦畛的必要与可能没有？勉强造成的花样，对于艺术的根本价值，是有益还是有损？契斯脱登的评论，我们现在可以全段地征引了：

> 罗瑟蒂是一个多方面而特出的人才；他没有在任何方面成功；不然，也许不会有人知道他。在那两种艺术上，他是一半成功，一半失败；他的成功完全是他那失败的巧术凑成的。假使他是邓尼生那样一个诗人，也许会成一个能画画的诗人；假使他是白恩·琼士那样一个画家，也许会成一个能作诗的画家。说也奇怪，在这极端的艺术运动的门限上，我们倒发现了这个大艺术家的成功是由于不曾辨清他的艺术的性质。他的诗太像画了。他的画太像诗了。正因为这个缘故，他的诗和画才能征服维多利亚时代的那冷淡的满意，因为他那种作品总算是有东西的，虽则在艺术上是不值些什么的东西。

我们再谈谈王摩诘的"诗中有画，画中有诗"作个结束。其实这话也不限于王摩诘一个人当得起。从来哪一首好诗里没有画,哪一幅好画里没有诗?恭维王摩诘的人,在那八个字里,不过承认他符合了两个起码的条件。"先拉飞派"的"诗中有画,画中有诗"可不同,那简直是"张冠李戴",是末流的滥觞;猛然看去,是新奇,是变化;仔细想想,实在是艺术的自杀政策。

五月廿六日,南京
原载《新月》第一卷第四期,
民国十七年(1928)六月十日

戏剧的歧途

近代戏剧是碰巧走到中国来的。他们介绍了一位社会改造家——易卜生。碰巧易卜生曾经用写剧本的方法宣传过思想，于是要易卜生来，就不能不请他的"问题戏"——《傀儡之家》、《群鬼》、《社会的柱石》等等了。第一次认识戏剧既是从思想方面认识的，而第一次的印象又永远是有权威的，所以这先入为主的"思想"便在我们脑里，成了戏剧的灵魂。从此我们仿佛说思想是戏剧的第一个条件。不信，你看后来介绍萧伯讷，介绍王尔德，介绍哈夫曼，介绍高斯俄绥……哪一次不是注重思想，哪一次介绍的真是戏剧的艺术？好了，近代戏剧在中国，是一位不速之客；戏剧是沾了思想的光，侥幸混进中国来的。不过艺术不能这样没有身份。你没有诚意请它，它也就同你开玩笑了，它也要同你虚与委蛇了。

现在我们许觉悟了。现在我们许知道便是易卜生的戏剧,除了改造社会,也还有一种更纯洁的——艺术的价值。但是等到我们觉悟的时候,从先的错误已经长了根,要移动它,已经有些吃力了。从先没有专诚敦请过戏剧,现在得到了两种教训。第一,这几年来我们在戏本上所得的收成,差不多都是些稗子,缺少动作,缺少结构,缺少戏剧性,充其量不过是些能读不能演的 closet drama 罢了。第二,因为把思想当作剧本,又把剧本当作戏剧,所以纵然有了能演的剧本,也不知道怎样在舞台上表现了。

剧本或戏剧文学,在戏剧的家庭里,的确是一个问题。只就现在戏剧完成的程序看,最先产生的,当然是剧本,但是这是丢掉历史的说话。从历史上看来,剧本是最后补上的一样东西,是演过了的戏的一种记录。现在先写剧本,然后演戏。这种戏剧的文学化,大家都认为是戏剧的进化。从一方面讲,这当然是对的。但是从另一方面讲,可又错了。老实说,谁知道戏剧同文学拉拢了,不就是戏剧的退化呢?艺术最高的目的,是要达到"纯形"pure form 的境地，可是文学离这种境地远着了，你可知道戏剧为什么不能达到"纯形"的涅槃世界吗？那都是害在文学的手里。自从文学加进了一份儿，戏剧便永远注定了是一副俗骨凡胎，永远不能飞升了；虽然它还有许多的助手——有属于舞蹈的动作，属于绘画建筑的布景，甚至还有音乐，那仍旧是没有用的。你们的戏剧家提起笔来，一不小心，就有许多不相干的成分粘在他笔尖上了——什么道德问题、哲学问题、社会问题……都要粘上来了。问题粘得愈多，纯形的艺术愈少。这也难怪，文学，特别是戏剧文学之容易招惹哲理和教训一类的东西，如同腥膻的东西之招惹蚂蚁一样。你简直没有办法。一出戏是要演给大众看的；没有观众，也就没有戏，严格地讲来。好了，你要观众看，你就得拿他们喜欢看、容易看的，给他们看。假如你们的戏剧家的成功的标准，又只是写出戏来，演了，能够叫观众看得懂，看得高兴。那么他写起戏剧来，准是一些最时髦的社会问题，再配上一点作料，不拘是爱情，是命案，都可以。这样一来，社会问题是他们本地当时的切身的问题，准看得懂；爱情、命案，永远是有趣味的，准看得高兴。这样一出戏准能哄动一时。然后戏剧家可算成功了。但是戏剧的本身呢？艺术呢？没有人理会了。犯这样毛病的，当然不只戏剧家。譬如一个画家，若是没有真正的魄力来找出"纯形"的时候，他便摹仿照像了，描漂亮脸子了，讲故事了，谈道理了，做种种有趣味的事件，总要使得这一幅画有人了解，不管从哪一方面去了解。本来做有趣味的事件是文学家的惯技。就讲思想这个东西，本来同"纯形"是风马牛不相及的，但是哪一件文艺，完全脱离了思想，能够站得稳呢？文字本是思想的符号，文学既用了文字作工具，要完全脱离思想，自然办不到。但是文学专靠思想出风头，可真没出息了。何况这样出风头是出不出去的呢？谁知道戏剧拉到文学的这一个弱点当作宝贝，一心只想靠这一点东西出风头，岂不是比文学还要没出息吗？其实这样闹总是没有好处的。你尽管为你的思想写戏，你写出来的，恐怕总只有思想，没有戏。果然，你看我们这几年来所得的剧本里，不是没有问题、哲理、教训、牢骚，但是它禁不起表演，你有什么办法呢？况且这样表现思想，也不准表现得好，那可真冤了！为思想写戏，戏当然没有，思想也表现不出。"赔了夫人又折兵"，谁说这不是相当的惩罚呢？

不错，在我们现在这社会里，处处都是问题，处处都等候着易卜生、萧伯讷的笔尖来给它一种猛烈的刺激。难怪青年的作家个个手痒，都想来尝试一下。但是，我们可知道真正有价值的文艺，都是"生活的批评"，批评生活的方法多着了，何必限定是问题戏？莎士比亚没有写过问题戏，古今有谁批评生活比他批评得更透彻的？辛格批评生活的本领也不差罢？但是他何尝写过问题戏？只要有一个角色，便叫他会讲几句时髦的骂人的话，不能算是问题戏罢？总而言之，我们该反对的不是戏里含着什么问题；若是因为有一个问题，便可以随便写戏，那就把戏看得太不值钱了。我们要的是戏，不拘是哪一种的戏。若是仅仅把屈原、聂政、卓文君，许多的古人拉起来，叫他们讲了一大堆社会主义、德谟克拉西，或是妇女解放问题，就可以叫作戏，甚至于叫作诗剧，老实说，这种戏，我们宁可不要。

因为注重思想，便只看得见能够包藏思想的戏剧文学，而看不见戏剧的其余的部分。结果，到如今，不三不四的剧本，还数得上几个，至于表演同布景的成绩，便几等于零了。这样做下去，戏剧能够发达吗？你把稻子割了下来，就可以摆碗筷，预备吃饭了吗？你知道从稻子变成饭，中间隔着好几次手续，是同样的复杂。这些手续至少都同剧本一样的重要。我们不久就要一件件地讨论。

原载北平《晨报》副刊，十五年（1926）六月二十四日

泰果尔[①]批评

听说 Sir Rabindranath Tagore 快到中国来了。这样一位有名的客人光临我们,我们当然是欢迎不暇的了。我对客人来表示欢迎之后,却有几句话要向我们自己——特别是我们文学界——讲一讲。

无论怎样成功的艺术家,有他的长处,必有他的短处。泰果尔也逃不出这条公例。所以我们研究他的时候,应该知所取舍。我们要的是明察的鉴赏,不是盲目的崇拜。

哲理本不宜入诗,哲理诗之难于成为上等的文艺正因这个缘故。许多的人都在这上头失败了。泰果尔也曾拿起Ulysses的大弓尝试了一番,他也终于没有弯得过来。国内最流行的《飞鸟》,作者本来就没有把它

---

① 今通译作泰戈尔。编者注。

当诗作；(这一部格言、语录和"寸铁诗"是他游历美国时写下的。Philadelphia Public Ledger 的记者只说"从一方面讲这些飞鸟是些微小的散文诗"，因为它们暗示日本诗的短小与轻脆。) 我们姑且不必论它。便是那赢得诺贝尔奖的《吉檀迦利》和那同样著名的《采果》，其中也有一部分是诗人理智中的一些概念，还不曾通过情感的觉识。这里头确乎没有诗。谁能把这些哲言看懂了，他所得的不过是猜中了灯谜的胜利的欢乐，绝非审美的愉快。这一类的千熬百炼的哲理的金丹正是诗人自己所谓——

Life's harvest mellows into golden wisdom.

然而诗家的主人是情绪，智慧是一位不速之客，无须拒绝，也不必强留。至于喧宾夺主却是万万行不得的！

《吉檀迦利》同《采果》里又有一部分是平凡的祷词。我不怀疑诗人祈祷时候的心境最近于 ecstacy，ecstacy 是情感的最高潮，然我不能承认这些是好诗。推其理由，也极浅显。诗人与万有冥交的时候，已先要摆脱现象，忘记肉体之存在，而泯没其自我于虚无之中。这时候，一切都没有了，哪里还有语言，更哪里还有诗呢？诗人在别处已说透了这一层秘密——他说上帝的面前他的心灵 vainly struggles for a voice。从来赞美诗（hymns）中少有佳作，正因作者要在"入定"期中说话；首先这种态度就不诚实了，讲出的话，怎能感人呢？若择定在准备"入定"之前期或回忆"入定"之后期为诗中之时间，而以现象界为其背景，那便好说话了，因为那样才有说话的余地。

泰果尔的文艺的最大缺憾是没有把握到现实。文学是生命的表现，便是形而上的诗也不外此例。普遍性是文学的要质而生活中的经验是最普遍的东西，所以文学的宫殿必须建在生命的基石上。形而上学惟其离生活远，要它成为好的文学，越发不能不用生活中的经验去表现。形而上的诗人若没有将现实好好地把握住，他的诗人的资格恐怕要自行剥夺了。

印度的思想本是否定生活的，严格讲来，不宜于艺术的发展。泰果尔因为受了西方文化的陶染，他的思想已经不是标准的印度思想了。他曾宣言——Deliveranse is not for me in renunciation，然而西方思想究竟是在浮面粘贴着，印度的根性依然藏伏在里边不曾损坏。他怀慕死亡的时候，究竟比讴歌生命的时候多些。从他的艺术上看来，他在这世界里果然是一个生疏的旅客。他的言语，充满了抽象的字样，是另一个世界的方言，不像我们这地球上的土语。他似乎不大认识我们的环境与风俗，因为他提到这些东西的时候，只是些肤浅的观察，而且他的意义总是难得捉摸。总而言之，他的举止吐属，无一样不现着 outlandish，无怪乎他常感着——

> homesick ... for tne one sweet hour across the sea of time,

因为他不曾明白地讲过吗？

> I came to your shore as a stranger, I lived in your house as a guest ... my earth.

泰果尔虽然爱好自然，但他爱的是泛神论的自然界。他并不爱自然的本身，他所爱的是 the simple meaning of thy whisper in showers and sunshine，是 God's power ... in the gentle breeze，是鸟翼、星光同四季的花卉所隐藏着的，the unseen way。人生也不

是泰果尔的文艺的对象，只是他的宗教的象征。穿绛色衣服的行客，在床上寻找花瓣的少女，仆人或新妇在门口伫望主人回家，都是心灵向往上帝的象征；一个老人坐在小船上鼓瑟，不是一个真人，乃是上帝的原身。诗人的"父亲"、"主人"、"爱人"、"弟兄"、"朋友"都不是血肉做的人，实在便是上帝。泰果尔记载了一些自然的现象，但没有描写它们；他只感到灵性的美，而不赏识官觉的美。泰果尔摘录了些人生的现象，但没有表现出人生中的戏剧；他不会从人生中看出宗教，只用宗教来训释人生。把这些辨别清楚了，我们便知道泰果尔何以没有把握住现实；由此我们又可以断言，诗人的泰果尔定要失败，因为前面已经讲过，文学的宫殿必须建在现实的人生的基石上。果然我们读《吉檀迦利》、《采果》、《园丁》、《新月》等，我们仿佛寄身在一座云雾的宫阙里，那里只有时隐时现、似人非人的生物。我们初到时，未尝不觉得新奇可喜；然而待久一点，便要感着一种可怕的孤寂，这时我们渴求的只是与我们同类的人，我们要看看人的举动，要听听人的声音，才能安心。我们在泰果尔的世界里要眷念着我们的家乡，犹之泰果尔在我们的地球上时时怀想他的故土一样。

多半时候泰果尔只能诉于我们的脑海,他常常能指点出一个出人意外、人人意中的真理来。但是他并不能激动我们的情绪,使我们感觉到生活的溢流。这也是没有把握住人生的结果。他若是勉强弹上了情绪之弦,他的音乐不失之于渺茫,便失之于纤弱。渺茫到了玄虚的时候,便等于没有音乐!纤弱的流弊能流于感伤主义。我们知道作《新月》的泰果尔很能了解儿童,却不料他自己竟变成一个儿童了,因为感伤主义正是儿童与妇女的情绪。(写到这里,我记起中国最善学泰果尔的是一个女作家;必是诗人的作品中女性的成分才能引起女人的共鸣。)泰果尔的诗是清淡,然而太清淡,清淡到空虚了;泰果尔的诗是秀丽,然而太秀丽,秀丽到纤弱了。Mr. John Macy 批评《园丁》里一首诗讲道:(it) would be faintly impressive if Walt Whitman had never lived,我们也可以讲若是李、杜没有生,韦、孟也许可以作中国的第一流诗人了。

在艺术方面泰果尔更不足引人入胜。他是个诗人,而不是个艺术家。他的诗是没有形式的。我讲这一句话恐怕又要触犯许多人的忌讳。但是我不能相信没有形式的东西怎能存在,我更不能明了若没有形式,艺术怎能存在!固定的形式不当存在;但是那和形式的本身有什么关系呢？我们要打破一个固定的形式，目的是要得到许多变异的形式罢了。泰果尔的诗不但没有形式，而且可说是没有廓线。因为这样，所以单调成了它的特性。我们试读他的全部诗集，从头到尾，都仿佛不成形体，没有色彩的 amoeba 式的东西。我们还要记好这是些抒情的诗。别种的诗若是可以离形体而独立，抒情诗是万万不能的。Walter Pater 讲了："抒情诗至少从艺术上讲来是最高尚最完美的诗体，因为我们不能使其形式与内容分离而不影响其内容之本身。"

泰果尔的诗之所以伟大是因为他的哲学，论他的艺术实在平庸得很。他在欧洲的声望也是靠他诗中的哲学赢来的。至于他的知音夏芝所以赏识他，有两种潜意识的私人的动机，也不必仔细去讲它。但是我们要估定泰果尔的真价值，就不当取欧洲人的态度或夏芝的态度，也不当因为作者与自己同是东方人，又同属于倒霉的民族而受一种感伤作用的支配；我们但当保持一种纯客观的，不关心的 disinterested 态度。若真能用这种透视法去观赏泰果尔的艺术，我想我们对于这位诗人的价值定有一番新见解。于今我们的新诗已够空虚，够纤弱，够偏重理智，够缺乏形式的了，若再加上泰果尔的影响,变本加厉,将来定有不可救药的一天。希望我们的文学界注意。

原载《时事新报》文学副刊,
十二年(1923)十二月三日

谈商籁体

梦家：

　　商籁体读到了，印象不大深，恐怕这初次的尝试还不能算成功。这体裁是不容易作。十四行与韵脚的布置是必需的，但非重要的条件。关于商籁体裁早想写篇文章谈谈，老是忙，身边又没有这类的书，所以没法动手。大略地讲，有一个基本的原则非遵守不可，那便是在第八行的末尾，定规要一个停顿。最严格的商籁体，应以前八行为一段，后六行为一段；八行中又以每四行为一小段；六行中或以每三行为一小段，或以前四行为一小段，末二行为一小段。总计全篇的四小段，（我讲的依然是商籁体，不是八股！）第一段起，第二承，第三转，第四合。讲到这里，你自然明白为什么第八行尾上的标点应是"。"，或与它相类的标点。"承"是连着"起"来的，但"转"却不能连着"承"走，否则转不过来了。大概"起"、"承"容易办，"转"、"合"最难，一篇精神往往得靠一转一合。总之，一首理想的商籁体，应该是个三百六十度的圆形；最忌的是一条直线。你试拿这标准去绳量你的《太湖之夜》，可不嫌直一点吗？至于那第二行的"太湖……的波纹？正流着泪"与第三行"梅苞画上一首清眉"，究竟费解。还有一点，十一、十四两行的韵与一、四、五、八重复，没有这种办法。第一行与第十四行不但韵重，并且字重，更是体裁所不许。"无限的意义都写在太湖万顷的水"——这"水"字之下如何少得一个"上"字或"里"字？我说破以后，你能不哑然失笑吗？"耽心"的"耽"字是"乐"的意思（《书经》："惟耽乐之从"），从"目"的"虎视眈眈"也不对。普通作"单心"也没有讲。应该是"担心"，犹言"放不下心"。"担心"这两字多么生动、具体、富于暗示，丢掉这样的字不用，去用那"无意义"、"无生气"的"耽心"，岂不可惜？音节和格律的问题，始终没有人好好地讨论过。我又想提起这用字的问题来，又怕还是一场自讨没趣。总之这些话，深的人嫌它太浅，浅的人又嫌它太深，叫人不晓得如何开口。

一多
二月十九夜，青岛
原载《新月》第三卷第五、六期

论《悔与回》

梦家：

在自己做不出诗来的时候，几乎觉得没有资格和人谈诗。诗如今做出了（已寄给志摩先生了），资格恢复了，信当然也可以写。《悔与回》自然是本年诗坛最可纪念的一件事。我曾经给志摩写信说：我在捏着把汗夸奖你们——我的两个学生；因为我知道自己绝写不出那样惊心动魄的诗来，即使有了你们那样哀艳凄馨的材料。有几处小地方却有商酌的余地。（一）不用标点，不敢赞同。诗不能没有节奏。标点的用处，不但界划句读，并且能标明节奏（在中国文字里尤其如此），要标点的理由如此，不要它的理由我却想不出。（二）"生殖器的暴动"一类的句子，不是表现怨毒、愤嫉时必需的字句。你可以换上一套字样，而表现力能比这增加十倍。不信拿志摩的《罪与罚》再读读看。玮德的文字比梦家的来得更明澈，是他的长处。但明澈则可，赤裸却要不得。这理由又极明显。赤裸了便无暗示之可言，而诗的文字哪能丢掉暗示性呢？我并非绅士派，"苍蝇似的思想垃圾桶里爬"，我也有顾不到体面的时候，但碰到"梅毒"、"生殖器"一类的字句，我却不敢下手。（三）长篇的"无韵式"的诗，每行字数似应多点才称得住。（四）句子似应稍整齐点，不必呆板地限定字数，但各行相差也不应太远，因为那样才显得有分量些。以上两点是我个人的见解，或许是偏见。我是受过绘画的训练的，诗的外表的形式，我总不忘记。既是直觉的意见，所以说不出什么具体的理由来，也没有人能驳倒我。（五）我认为长篇的结构应拿玮德他们府上那一派的古文来做模范。谋篇布局应该合乎一种法度，转折处尤其要紧——索性腐败一点——要有悬崖勒马的神气与力量。再翻开《古文辞类纂》来体贴一回，你定可以发现其间艺术的精妙。照你们这两首看来，再往下写三十行五十行，未尝不可；或少写十行二十行，恐怕也无大关系。艺术的 finality 在哪里？

讲的诚然都是小地方，但如今没有人肯讲敢讲。我对于你们既不肯存一分虚伪，也不必避什么嫌疑，拉杂地写了许多，许也有可采的地方。

玮德原来也在中大，并且我在那里的时候，曾经与我有过一度小小的交涉。若不是令孺给我提醒，几乎全忘掉了。可是一个泛泛的学生，在他没写出《悔与回》之前，我有记得他的义务吗？写过那样一首诗以后，即使我们毫无关系，我也无妨附会说他是我的学生，以增加我的光荣。我曾托令孺向玮德要张相片来，为的是想借以刷去记忆上的灰尘，使他在我心上的印象再显明起来。这目的马上达到了，因为凑巧她手边有他一张照片——我无法形容我当时的愉快！现在我要《悔与回》的两位诗人，时时在我案头与我晤对，你们可能满足我这点痴情吗？祝
二位康健！

闻一多
十二月廿九日
原载《新月》第三卷第五、六期

附录

从宗教论中西风格

要说明中西风俗不同，可以从种种不同的方面着眼，从宗教着眼，无疑是一个比较扼要的看法。所谓宗教，有广义的，有狭义的。狭义地讲来，中国人没有宗教，因此我们若能知道这狭义宗教的本质是什么，便也知道了中西风格不同之点在哪里。至于宗教造成了西洋人的性格，还是西洋人的性格产生了他们的宗教，那是一个鸡生蛋还是蛋生鸡的辩论，我们不去管它。目下我们要认清的一点，是宗教与西洋人的性格是不可分离的。

要确定宗教的本质是什么，最好溯源到原始思想。生的意志大概是人类一切思想的根苗。人类生活愈接近原始时代，求生意志的强烈，与求生能力的薄弱，愈有形成反比例之势。但是能力愈薄弱，不但不能减少意志的强烈性，反而增加了它。在这能力与意志不能配合的难关中，人类乃以主观的"生的意识"来补偿客观的"生的事实"之不足，换言之，因一心欲生，而生偏偏是不完整，不绝对的，于是人类便以"死的否认"来保证"生的真实"。这是人类思想史的第一页，也实在是一个了不得的发明。我们今天都认为死是一个千真万确的事实，原始人并不这样想。对于他们，死不过是生命途程中的另一阶段，这只看他们对祭祀态度的认真，便可知道。我们也可以说，他们根本没有死的观念，他们求生之心如此迫切，以致忽略了死的事实，而不自觉地做到了庄子所谓"以死生为一体"的至高境界。我说不自觉的，因为那不是庄子那般通过理智的道路然后达到的境界，理智他们绝对没有，他们只是一团盲目求生的热欲，在热欲的昏眩中，他们的意识便全为生的观念所占据，而不容许那与生相反的死的观念存在，诚然，由我们看来，这是自欺。但是，要晓得对原始人类，生存是那样艰难，那样没有保障，如果没有这点生的信念，人类如何活得下去呢？所以我们说这人类思想史的第一页，是一个不承认死的事实，那不死简直是肉体的不死，这还是可以由他们对祭祀的态度证明的，但是知识渐开，他们终于不得不承认死是一个事实。承认了死，是否便降低了生的信念呢？那却不然。他们承认的是肉体的死，至于灵魂他们依然坚持是不会死的。以承认肉体的死为代价，换来了灵魂不死的信念，在实利眼光的人看来，是让步，是更无聊的自欺，在原始人类看来，却是胜利，因为他们认为灵魂的存在比肉体的存在还有价值，因此，用肉体的死换来了灵魂的不死，是占了便宜。总之他们是不肯认输，反正一口咬定了不死，讲来讲去，还是不死，甚至客观的愈逼他们承认死是事实，主观的愈加强了他们对不死的信念。他们到底为什么要这样倔强，这样执迷不悟？理智能力薄弱吗？但要记得这是理智能力进了一步，承认了肉体的死是事实以后的现象，看来理智的压力愈大，精神的信念跳得愈高。理智的发达并不妨碍生的意志，反而鼓励了它，使它创造出一个求生的灵魂。这是人类思想史的第二页，一个更荒唐，也更神妙的说明。

人类由自身的灵魂而推想到大自然的灵魂，本是思想发展过程中极自然的一步。想到这个大自然的灵魂实在说是人类自己的灵魂的一种投射作用，再想到投射出去的自己，比原来的自己几乎是无限倍数的伟大，并又想到在强化生的信念与促进生的努力中，人类如何利用这投射出去的自己来帮助自己——想到这些复杂而纡回的步骤，更令人惊讶人类的"其愚不可及"，也就是他的其智不可及。如今人毕竟承认了自己无能，因为他的理智又较前更发达了一些，他认清了更多的客观事实，但是他就此认输了吗？没有。人是无能，他却创造了万能的神。万能既出自无能，那么无能依然是万能。如今人是低头了，但只向自己低头，于是他愈低头，自己的地位也愈高。你反正不能屈服他，因为他有着一个铁的生命意志，而铁是愈锤炼愈坚韧的。这人类思想史的第三页，讲理论，是愈加牵强，愈加支离；讲实用，却不能不承认是不可思议的神奇。

　　如果是以贿赂式的祭祀为手段，来诱致神的福佑或杜绝神的灾祸，或有时还不惜用某种恫吓式的手段，来要挟神做些什么或不做些什么——对神的态度，如果是这样，那便把神的能力看得太小了。人小看了神的能力其实也就是小看自己的能力，严格地讲，可以恫吓与贿赂的手段来控制的对象，只能称之为妖灵或精物，而不是神，因之，这种信仰也只能算作迷信，而不是宗教。宗教崇拜的对象必须是一个至高无上的、神圣的、万能而慈爱的神，你向他只有无条件地皈依和虔诚地祈祷。你的神愈是全德与万能，愈见得你自己全德与万能，因为你的神就是你所投射出去的自身的影子。既然神就是像自己，所以他不妨是一个人格神，而且必然是一个人格神。神的形象愈像你自己，愈足以证明是你的创造。正如神的权力愈大，愈足以反映你自己权力之大，总之你的神不能太不像你自己。不像你自己，便与你自己无关；他又不能太像你自己，太像你自己便暴露了你的精神力量究竟有限。是一个不太像你，又不太不像你的全德与万能的人格神，不多不少，恰恰是这样一个信仰，才能算作宗教。

按照上述的宗教思想发展的程序和它的性质，我们很容易辨明中西人谁有宗教，谁没有宗教。第一，关于不死的问题，中国人最初分明只有肉体不死的观念，所以一方面那样着重祭祀与厚葬，一方面还有长生不老和白日飞升的神仙观念。真正灵魂不死的观念，我们本没有，我们的灵魂观念是外来的，所以多少总有点模糊。第二，我们的神，在下层阶级里，不是些妖灵精物，便是人鬼的变相，因此都太像我们自己了。在上层阶级里，他又只是一个观念神而非人格神，因此太嫌不像我们自己了。既没有真正的灵魂观念,又没有一个全德与万能的人格神,所以说我们没有宗教,而我们的风格和西洋人根本不同之处恐怕也便在这里。我们说死就是死,他们说死还是生,我们说人就是人,我们对现实屈服了,认输了。他们不屈服,不认输,所以他们有宗教而我们没有。

我们在上文屡次提到生的意志,这是极重要的一点,也许就是问题的核心。往往有人说弱者才需要宗教,其实是强者才能创造宗教来扶助弱者,替他们提高生的情绪,加强生的意志。就个人看,似乎弱者更需要宗教,但就社会看,强者领着较弱的同类,有组织地向着一个完整而绝对的生命追求,不正表现那社会的健康吗?宗教本身尽有数不完的缺憾与流弊,产生宗教的动机无疑是健康的。有人说西洋人的爱国思想和恋爱哲学,甚至他们的科学精神,都是他们宗教的产物,他们把国家、爱人和科学的真理都"神化"了,这话并不过分。至少我们可以说,产生他们那宗教的动力,也就是产生那爱国思想、恋爱哲学和科学精神的动力。不是对付的,将就的,马马虎虎的,在饥饿与死亡的边缘上弥留着、活着,而是完整地、绝对地活着,热烈地活着——不是彼此都让步点的委曲求全,所谓"中庸之道"式的,实在是一种虚伪的活，而是一种不折不扣的，不是你死我活，便是我死你活的彻底的，认真的活——是一种失败在今生，成功在来世的永不认输、永不屈服的精神。这便是西洋人的性格。这性格在他们的宗教中表现得最明显，因此也在清教徒的美国人身上表现得最明显。

人生如果仅是吃饭、睡觉、寒暄、应酬，或囤积居奇、营私舞弊，那许用不着宗教，但人生也有些严重关头，小的严重关头叫你感着不舒服，大的简直要你的命，这些时候来到，你往往感着没有能力应付它，其实还是有能力应付，因为人人都有一副不可思议的潜能。问题只在用一套什么手法把它动员起来。一挺胸，一咬牙，一转念头，潜能起来了，你便能排山倒海，使一切不可能的变为可能了。那不是技术，而是一种魔术。那便是宗教。中国人的办法，似乎是防范严重关头，使它不要发生，借以省却自己应付的麻烦。这在事实上是否可能，姑且不管，即使可能，在西洋人看来，多么泄气，多么没出息！他们甚至没有严重关头，还要设法制造它，为的是好从那应付的挣扎中得到乐趣。没事自己放火给自己扑灭，为的是救火的紧张太有趣了。如果救火不熄，自己反被烧死，那殉道者的光荣更是人生无上的满足——你说荒谬绝伦,简直是疯子!对了,你就是不会发疯,你生活里就缺少那点疯,所以你平庸、懦弱。人家在天上飞时,你在粪坑里爬!

中西风格的比较?你拿什么跟人家比?你配?尽管有你那一套美丽名词,还是掩不住那渺小、平庸、怯懦、虚伪,掩不住你的小算盘,你的偷偷摸摸、自私自利和一切的丑态。你的孝悌忠信、礼义廉耻,和你古圣先贤的什么哲学只令人作呕,我都看透了!你没有灵魂,没有上帝的国度,你是没有国家观念的一盘散沙,一群不知什么是爱的天阉,(因此也不知什么是恨。)你没有同情,也没有真理观念。然而你有一点鬼聪明,你的繁殖力很大,因为聪明所以会鼠窃狗偷——营私舞弊,囤积居奇。因为繁殖力大,所以让你的同类成千成万地裹在清一色的破棉袄里,排成番号,吸完了他们的血,让他们饿死、病死……这是你的风格,你的仁义道德!你拿什么和人家比!

没有宗教的形式不要紧。只要有产生宗教的那股永不屈服,永远向上追求的精神,换言之,就是那铁的生命意志,有了这个,任凭你向宗教以外任何方向发展都好,怕的是你这点意志,早被憋死了,因此除了你那庸俗主义的儒家哲学以外,不但宗教没有,旁的东西也没有。更可怕的是宗教到你手里，也变成了庸俗，虚伪，和鼠窃狗偷的工具。怕的是你的生命的前提是败北主义，和你那典型的口号"没有办法"！于是你只好嘲笑，说俏皮话。是啊，你有聪明，有繁殖力，所以你可以存在，"耗子苍蝇不也存在吗"？但你没有生活，因为我看透了你，你打头就承认了死是事实，那证明了你是怕死的。惟其怕死，所以你也怕生，你这没出息的"四万万五千万"！

五四运动的历史法则[①]

大家都知道，近百年来，中国社会是处于一种半封建性、半殖民地性的状态中。封建的主人、地主、官僚与殖民国的主人帝国主义，这两个势力之能够同时并存于我们这里，已经说明了它们之间的一种奇异的关系，一种相反而又相成，相克而又相生的矛盾关系。在剥削人民的共同目的上，它们利害相同，所以能够互相结合，互相维护；同时分赃不匀又使它们利害冲突而不能不互相龃龉。然而它们却不能决裂。因为，他们知道，假如帝国主义独占了中国，任凭它的武器如何锋利，民族的仇恨会梗塞着它的喉头，使它不能下咽；假如封建势力垄断了中国，那又只有加深

[①] 这篇演讲稿是民国三十五（1946）年六月二十八日，闻先生在昆明民主同盟云南省支部招待各界贤达席上的演讲稿。

它自己的崩溃,以致在人民革命势力之前,加速它自己的灭亡。总之,被压迫被榨取的,究竟是"人",而人是有反抗性的,反抗而团结起来,便是力量,不是民族的力量,便是民主的力量,这些对于帝国主义或封建势力,都是很讨厌的东西。于是他们想好分工合作,让地主、官僚出面执行榨取的任务,以缓和民族仇恨。(这是帝国主义借刀杀人!)让帝国主义一手把着枪炮,一把提着钱袋,站在背后保镖,以软化民主势力,(这是地主官僚狗仗人势!)它们是聪明的,因为,虽然它们的欲壑都有着垄断性与排他性,它们都愿意极力克制这些,彼此互相包容,互相照顾,互相妥协,而相安于一种近乎均势的状态中。果然,愈是这样,它们的寿命愈长,那就是说,惟其是半封建,可以按各人自己的意愿,毫不受拘束地来选择,那么大家不妨想想看,在今天三大政党中,绝大多数的中国人会选择哪一个?让我大胆地说一句吧:中国民主同盟!你说这又是空想,是梦话,如果那个假设真能成立,你的话也许不错,但是那个假设根本不能成立。我说假设是可以成立的,可以的,因为成立的条件已经具备了。今天客观的情势不是在逼迫着每一个中国人,为他自己生存的条件和生存的权利,不得不加入一个团体来奋斗吗？而且这逼迫不是正在一天天地加紧吗？我们知道，我们自己便是这样被逼出来的，而我也相信，照这样下去，是会逼到每一个中国人头上来的。今天逼人者似乎已经下定了决心逼着，机构与计划似乎布置得十分充分，所以逼是已经定局了。只看这被逼者投奔的去处，是否有能力收容他们并善用他们的力量。我们中国民主同盟十分明白时代所课与他自己的任务，只是这任务如何完成，一半固然靠我们自身的努力，一半也得靠大家的鼓励和支持，所以我们这只手也是同样向大家伸出的。

新文艺和文学遗产

地点——联大文艺晚会(在新校舍图书馆前草地上)

时间——三十三(1944)年五月八日晚

今天晚上在场发言的,建设新文艺的人物有八位教授,(八教授为冯至、朱自清、孙毓棠、沈从文、卞之琳、闻家驷、李广田、杨振声。)而我和罗先生(常培)是干破坏的,破坏旧的东西,……月亮出来了,(闻先生指着初从云中钻出的满月说。)乌云还等在旁边,随时就会给月亮盖住。我们要特别注意……要记住我们这个五四文艺晚会是这样被人阴谋破坏的;但是我们不用害怕。破坏了,我们还要来!五四的任务没有完成,我们还要干!我们还要科学,要民主，要打倒孔家店和封建势力！……文学遗产在五四以前是叫做国粹，五四时代叫做死文学，现在是借了文学遗产的幌子来复古，来反对新文艺，现在我就是要来审判它：中国在君主政治底下，"君"是治人的，但不是"君"自己去治，而实际治人的是手下的许多人，治人就是吃人！……中国的政治由封建而帝制，再由帝制而民治……中国的封建社会里面有四种家臣：第一种是绝对效忠主子的，是儒家；第二种次之，是法家；第三种更次之，是墨家；而庄子是第四种，是拒小惠而要彻底拆台的。但是因为有前三种人的支持，所以没有效果，后来，由反抗现实而逃到象牙塔中。辛亥以后，治人吃人的观念并没有打倒。管家人吃人，借了君子的名字。在五四，第四种人出塔了，他们要自己管理自己，管家的无立足余地了，但是他们仍旧可以存在的，不过不再是替君子管，而是替人民管了。可惜第四种人在塔外住不惯，又回到塔里面去了！那么前三种人又活跃了！但他们觉得新主子不如旧主子好，所以才有"献九鼎"啊！新主子一出来首先要打击五四运动，要打击提倡民治精神的祸因。后来他们发现民主是从外国来的，于是义和团精神又出现了，跟外国人绝交。现在谈第四种人，他们拼命搬旧塔的砖瓦来造新塔，就如有人在提倡晚明小品，表面上是新文艺，其实是旧的。新文学同时是新文化运动，新思想运动，新政治运动。新文学之所以新，就是因为它是与思想、政治不分的，假使脱节了就不是新的。文学的新旧不是什么文言白话之分，因为古文所代表的君主旧意识要不得，所以要提倡新的。第四种人中的道家则劣处较少。新文学是要和政治打通的。至于文学遗产，就是国粹，就是桐城妖孽，就是骸骨，就是山林文学。中国文学当然是中国生的，但不必嚷嚷遗产遗产的，那就是走回头路，回去了！现在感到破坏的工作不能停止。讲到破坏，第一当然仍旧要打倒孔家店，第二要摧毁山林文学。从五四到现在，因为小说是最合乎民主的，所以小说的成绩最好，而成绩最坏的还是诗。这是因为旧文学中最好的是诗，而现在作诗的人渐渐地有意无意地复古了。现在卞先生（之琳）已经不作诗了，这是他的高见，作新诗的人往往被旧诗蒙蔽了，渐渐走向象牙塔。

诗与批评

什么是诗呢？我们谁能大胆地说出什么是诗呢？我们谁能大胆地决定什么是诗呢？不能！有多少人是曾经对于诗发表过意见，但那意见不一定是合理的，不一定是真理；那是一种个人的偏见，因为是偏见，所以不一定是对的。但是，我们怎样决定诗是什么呢？我以为，来测度诗的不是偏见，应该是批评。

对于"什么是诗"的问题，有两种对立的主张：

有一种人以为："诗是不负责的宣传。"

另一种人以为："诗是美的语言。"

我们念了一篇诗，一定不会是白念的，只要是好诗，我们念过之后就受了它的影响；诗人在作品中对于人生的看法影响我们，对于人生的态度影响我们，我们就是接受了他的宣传。诗人用了文字的魔力来征服他的读者，先用了这种文字的魅力使读者自然地沉醉，自然地受了催眠，然后便自自然然地接受了诗人的意见，接受他的宣传。这个宣传有如何的效果呢？诗人不问这个，因为他的宣传是不负责的宣传。诗人在作品中所表示的意见是可靠的吗？这是不一定的，诗人有他自己的偏见，偏见不一定是对的。好些人把诗人比作疯子，疯人的意见怎么是真理呢？实在，好些诗人写下了他的诗篇，他并不想到有什么效果，他并不为了效果而写诗，他并不为了宣传而写诗，他是为诗而写诗的；因之，他的诗就是一种不负责的东西了，不负责的东西是好的吗？这是一个很重要的问题，所以，第一种主张，就侧重在这种宣传的效果方面，我想，这是一种对于诗的价值论者。

好些人念一篇诗时是不理会他的价值的，他只吟味词句的安排，惊喜于韵律的美妙：完全折服于文字与技巧。这种人往往以为他的态度仅止于欣赏，仅止于享受而已。他是为念诗而念诗。其实这是不可能的事，在文字与技巧的魅力上，你并不只享受于那份艺术的功力，你会被征服于不知不觉中，你会不知不觉地为诗人所影响，所迷惑。对于这种不顾价值，而只求感受舒适的人，我想他们是对于诗的效率论者。

这两种态度都是不对的。因为单独的价值论或是效率论都不是真理。我以为，从批评诗的正确的态度上说，是应该二者兼顾的。

柏拉图在他的《理想国》中赶走了诗人，因为他不满意诗人。他是一个极端的价值论者，他不满意于诗人的不负责的宣传。一篇诗作是以如何残忍的方式去征服一个读者。诗篇先以美的颜面去迷惑了一个读者，叫他沉迷于字面、音韵、旋律，叫他为这些奉献了自己，然而又以诗人的偏见深深烙印在读者的灵魂与感情上，然而这是一个如何的烙印——不负责的宣传已是诗的最大罪名了，我们很难有法子让诗人对于他的宣传负责，（诗人是否能负责又是一个问题。）这样一来，为了防范这种不负责的宣传，我们是不是可以不要诗了呢？不行，我们觉得诗是非要不可，诗非存在不可的。既然这样，所以我们要求诗是"负责的宣传"。我们要求诗人对他的作品负责，但这也许是不容易的事，因之，我们想得用一点外力，我们以社会使诗人负责。

负责的问题成为最重要的了，我们为了诗的光荣存在而辩护，我们不能不要求诗的宣传是负责的，是有利于社会的。我们想，若是要知道这宣传是否负责而用新闻检查的方式，实在是可笑的，我们不能用检查去了解，我们要用批评去了解；目前的诗作是可用检查的方式限制的，但这限制对于古人是无用的；而且事实上有谁会想出这种类似焚书坑儒的事来折磨我们的诗人呢？我想应该不会。在苏联和别的国家也许用一种方法叫诗人负责，方法很简单，就是拉着诗人的鼻子走，如同牵牛一样。政府派诗人作负责的诗，一个纪念，叫诗人作诗；一个建筑落成，叫诗人作诗。这样，好些诗是写出来了，但结果，在这种方式下产生出来的作品，只是宣传品，而不是诗了。既不是诗，宣传的力量也就小了，或甚至没有了。最后，这些东西既不是诗，也不是宣传品，则什么都不是了，我们知道马也可夫斯基写过诗，也写过宣传品，后来他自杀了，谁知道他为什么自杀呢？所以我想，拉着诗人的鼻子走的方式并不是好的方式。

政府是可以指导思想的。但叫诗人负责，这不是诗人做得到的；上边我说，我们需要一点外力，这外力不是发自政府，而是发自社会，我觉得去测度诗的是否为负责的宣传的任务不是检查所的先生完成得了的，这个任务，应该交给批评家。

每个诗人都有他独特的性格、作风、意见和态度，这些东西会表现在作品里。一个读者要单选上一个诗人的东西读,也许不是有益而是有害的,因为我们无法担保这个诗人是完全对的,我们一定要受他的影响,若他的东西有了毒,是则我们就中毒了。鸡蛋是一种良好的食品,既滋补而又可口,但据说吃多了是有毒的,所以我们不能天天只吃鸡蛋,我们要吃别的东西。读诗也一样,我觉得无妨多读,从庞乱中,可以提取养料来补自己。我们可以读李白、杜甫、陶潜、李商隐、莎士比亚、但丁、雪莱,甚至其他的一切诗人的东西,好些作品混在一起,有毒的部分抵消了,留下滋养的成分;不负责的部分没有了,留下负责的部分。因为,我们知道凡是能够永远流传下去的东西,差不多可以说是好的,时间和读者会无情地淘汰坏的作品。我以为我们可以有一个可靠的选本,这位批评家应该懂得人生,懂得诗,懂得什么是效率,懂得什么是价值。

我以为诗是应该自由发展的。什么形式什么内容的诗我们都要。我们设想我们的选本是一个治病的药方,那么里面可以有李白、杜甫、陶渊明、苏东坡、歌德、济慈、莎士比亚;我们可以假想李白是一味大黄吧,陶渊明是一味甘草吧,他们都有用,我们只要适当地配合起来,这个药方是可以治病的。所以,我们与其去管诗人，叫他负责，我们不如好好地找到一个批评家，批评家不单给我们以好诗，而且可以给社会以好诗。

历史是循环的，所以我现在想提到历史来帮助我们了解我们的时代，了解时代赋予诗的意义，了解我们批评的态度。封建的时代，我们看得出只有社会，没有个人，《诗经》给他们一个证明。《诗经》的时代过去了，个人从社会里边站出来，于是我们发觉《古诗十九首》实在比《诗经》可爱，《楚辞》实在比《诗经》可爱。因为我们自己现在是个人主义社会里的一员，我们所以喜爱那个人的表现，我们因之觉得《古诗十九首》比《诗经》对我们更亲切。《诗经》的时代过去了之后，个人主义社会的趋势已经非常明显了。而且实实在在就果然进到了个人主义社会。这时候只有个人，没有社会。个人是耽沉于自己的享乐，忘记社会，个人是觅求"效率"以增加自己愉悦的感受，忘记自己以外的人群。陶渊明时代有多少人过极端苦闷的日子，但他不管，他为他自己写下闲逸的诗篇。谢灵运一样忘记社会，为自己的愉悦而玩弄文字——当我们想到那时别人的苦难，想着那幅流民图，我们实实在在觉得陶渊明与谢灵运之流是多么无心肝,多么该死——这是个人主义发展到极端了,到了极端,即是宣布了个人主义的崩溃、灭亡。杜甫出来了,他的笔触到广大的社会与人群,他为了这个社会与人群而共同欢乐,共同悲苦,他为社会与人群而振呼。杜甫之后有了白居易,白居易不单是把笔濡染着社会,而且他为当前的事物提出他的主张与见解。诗人从个人的圈子走出来,从小我而走向大我,《诗经》时代只有社会,没有个人,再进而只有个人没有社会,进到这时候,已经是成为了个人社会(Individual Society)了。

到这里,我应提出我是重视诗的社会的价值了。我以为不久的将来,我们的社会一定会发展成为Society of Individual, Individual for Society(社会属于个人,个人为了社会)的,诗是与时代共同呼吸的,所以,我们时代不单要用效率论来批评诗,而更重要的是以价值论诗了,因为加在我们身上的将是一个新时代。

诗是要对社会负责了,所以我们需要批评。《诗经》时代何以没有批评呢?因为,那些作品都是负责的,那些作品没有"效率",但有"价值",而且全是"教育的价值",所以不用批评了。(自然,一篇实在没有价值的东西也可以说得出价值来的,对这事我们可以不必论及了。)个人主义时代也不要批评,因为诗就是给自己享受享受而已,反正大家标准一样,批评是多余的;那时候不论价值,因为效率就是价值。(诗话一类的书就只在谈效率,全不能算是批评。)但今天,我们需要批评,而且需要正确而健康的批评。

春秋时代是一个相当美的时代,那时候政治上保持一种均势。孔子删诗,孔子对于诗作过最好的、最合理的批评。在《左传》上关于诗的批评,我认为是对的。孔子注重诗的社会价值。自然,正确的批评是应该兼顾到效率与价值的。

从目前的情形看,一般都只讲求效率,而忽视了价值,所以我要大声疾呼,请大家留心价值。有人以为看重价值就会忽略了效率,就会抹煞了效率。我以为不会。这种担心是多余的。我们不要以为效率会被抹煞,只要看看普遍的情形。我们不是还叫读诗为欣赏诗吗?我们不是还很重视于字句声律这些东西吗?社会价值是重要的,我们要诗成为"负责的宣传",就非得看重价值不可,因为价值实在是被"忽视"了。

诗是社会的产物,若不是于社会有用的工具,社会是不要它的。诗人发掘出了这原料,让批评家把它做成工具,交给社会广大的人群去消化。所以原料是不怕多的,我们什么诗人都要,什么样的诗都要,只要制造工具的人技术高,技术精。

我以为诗人有等级的,我们假设说如同别的东西一样分作一等、二等、三等,那么杜甫应该是一等的,因为他的诗博大。有人说黄山谷、韩昌黎、李义山等都是从杜甫来的,那么杜甫是包罗了这么多"资源",而这些资源大都是优良的美好的,你只念杜甫,你不会中毒,你只念李义山就糟了,你会中毒的,所以李义山只是二等诗人了。陶渊明的诗是美的,我以为他诗里的资源是类乎珍宝一样的东西,壮丽而没有用,是则陶渊明应列在杜甫之下。

所以,我们需要懂得人生,懂得诗,懂得什么是效率,懂得什么是价值的批评家为我们制造工具,编制选本,但是,谁是批评家呢?我不知道。

原载三十三年(1944)九月一日
重庆出版,李一痕主编之《火之源丛刊》
第二、三集合刊

艾青和田间[①]

一切的价值都在比较上看出来。

(他念了一首赵令仪的诗,说:)

这诗里是什么山茶花啦,胸脯啦,这一套讽刺战斗,粉刷战斗的东西。这首描写战争的诗,是歪曲战争,是反战,是把战争的情绪变转,缩小。这也正是常任侠先生所说的鸳鸯蝴蝶派。(笑。)

几乎每个在座的人都是鸳鸯蝴蝶派。(笑。)我当年选新诗,选上了这一首,我也是鸳鸯蝴蝶派。(大笑。)

艾青当然比这好。他表现人民及战争,用我们知识分子最心爱的、崇拜的东西与装饰,去理想化。如

[①] 这是闻一多先生在1945年昆明的诗人节纪念会上的讲演,在这讲演之前,两位联大的同学朗诵了艾青的《向太阳》和田间的《自由向我们来了》、《给战斗者》,听众都很激动。

《向太阳》这首诗里面，他用浪漫的幻想，给现实镀上金，但对赤裸裸的现实，他还爱得不够。我们以为好的东西里面，往往也有坏的东西。

如在太阳底下死，是 Sentimental 的，是感伤的，我们以为是诗的东西都是那个味儿。（笑。）

我们的毛病在于眼泪啦，死啦。用心是好的，要把现实装扮出来，引诱我们认识它，爱它，却也因此把自己的狐狸尾巴露出来了。

这一些，田间就少了，因此我们也就不大能欣赏。

胡风评田间是第一个抛弃了知识分子灵魂的战争诗人、民众诗人。他没有那一套泪和死。但我们，这一套还留得很多，比艾青更多。我们能欣赏艾青，不能欣赏田间，因为我们跑不了那么快。今天需要艾青是为了教育我们进到田间，明天的诗人。但田间的知识分子气，胡风说抛弃了，我看也没有完全抛弃。如《自由向我们来了》，为什么我们不向自由去呢？艾青说"太阳滚向我们"，为什么我们不滚向太阳呢？（笑，鼓掌。）

艾青的《北方》写乞丐，田间的一首诗写新型的女人，因为田间已是新世界中的一个诗人。我们不能怪我们不欣赏田间：因为我们生在旧社会中。我们只看到乞丐，新型的女人我们没有看到过。

有人谩骂田间，只是他们无知。

关于艾青、田间的话很多，时间短，讲到这儿为止。

原载《联合晚报·诗歌与音乐》第二期

三十五年（1946）六月二十二日